Andererseits

Geschichten aus meiner Twilight Zone

Jörg Weese

ISBN 9798406939499 (Taschenbuch)
/ 9798407158363 (Hardcover)

... Kontaktdaten (Impressum) hinten im Buch ...

INHALT

RELIKT

Dem Feuer war egal, wen es verschlang. Deutsche, italienische, irische Einwanderer oder hier in New York Geborene, Protestanten, Katholiken, was störte es den zürnenden Erzengel mit Flammenschwert, wen er niedermetzelte. Doch er ließ ihnen einen Rest freien Willens: Wähle und stirb. Viele entschieden, lieber in den Tod zu springen, als sich von den Flammen verzehren zu lassen. Manche sprangen Hand in Hand. Man hat Opfer geborgen, deren Hände in der Totenstarre noch ineinander verschlungen waren. Andere dagegen fielen, als sie von Nachdrängenden, panisch Fliehenden über den

Rand des Abgrunds gedrückt wurden.

Für einen eigentlich vor über 90 Jahren Verstorbenen fühle ich mich auffallend lebendig. Das liegt daran, dass im Grunde nicht ich tot bin, sondern mein ursprüngliches Selbst, während meine neue Identität die alte überschrieb.

Nein, das stimmt so nicht: Ein Teil davon hat den Neustart überlebt. Heute ist mein Name John Zeigler, doch ich war einmal Charles Englemayer.

Oh, die Schreie der Frauen und Kinder!, klagt Catherine Connelly in Interviews. Eine Seelenverwandte; auch sie hat dieses Bruchstück wie auf Spezialfilm aufgezeichneten Bewusstseinsstroms in ihrem Kopf. Das Perfide: Er startet immer wieder neu, weil die Dame so prominent ist. Ähnlich wie die kleine Tiby Liebenow, damals erst ein halbes Jahr alt. Als »jüngste Überlebende« gibt sie immer eine wunderbare Titelfigur ab, kann aber nichts erzählen außer Second-Hand-Mären derer, die ihr erst sagen mussten, wer sie ist.

Wer ich war, konnte ich nicht bleiben. Nicht

nach all dem. Die Auslöschung meiner Familie – so nachhaltig, dass es keinen mehr gab, der nach ihr hätte fragen können, weswegen auch unsere Namen nicht auf den offiziellen Opferlisten erscheinen – war für mich wie ein Zeichen Gottes. Ich bin überzeugt, Er hat diesen Weg gewählt, sich ihrer aller, ja meiner gesamten Sippe und Art zu entledigen: gleichsam eine exklusive Sintflut, bizarr in Zeit und Raum verschoben, zur Buße zukünftiger Sünden. Der einzig denkbare Ausweg für mein achtjähriges, von diesem hochheiligsten Vorschlaghammer getroffenes Ich war, buchstäblich ein neuer Mensch zu werden. Wie es aussieht, hat das bis heute funktioniert.

Das letzte Bisschen Charles Englemayer, das sich von John Zeigler nicht tilgen ließ, obwohl ich es lieber mit den Übrigen im East River versenkt hätte, ist genau sechzig Sekunden lang. Kein aus bizarren Gründen im Museum konserviertes oder als Spenderorgan künstlich am Leben erhaltenes Körperteil, einzig eine Minute Erinnerung. Verdrängtes Fragment einer fremd gewordenen Person, überdauernd in den Tiefen meines

Unterbewusstseins. Diese eine Minute Englemayer konnte man nicht mehr umbringen, denn Englemayer war schon so tot, als hätte er nie existiert.

Man sagt, es war die größte Katastrophe in der Geschichte des Big Apple, den Verlust von Menschenleben betreffend. Als die Trauer verarbeitet und die Schlagzeilen und Zeitungsartikel immer kleiner wurden und irgendwann von den Titelseiten verschwanden, zeigte es das typische Wesensmerkmal der New Yorker: Sich nicht unterkriegen zu lassen. Gottergebenheit – wer ergründet die Wege des Herrn? Im Namen des Allmächtigen, des All-Erbarmers starben über tausend Menschen: So pathologisch pathetisch klingt das in Predigten bei den Gottesdiensten, die man Jahr um Jahr für die Opfer abhält. Die in den Trümmern Unauffindbaren, bis zur Unkenntlichkeit Verbrannten, die kein eigenes Grab bekamen, sondern denen der Unglücksort Grab wurde. Ich kenne das wahre Gesicht Gottes. Er existiert, nur Erbarmen hat er keines.

Immerhin beim kondolierenden Bürgermeister war ehrliches Mitgefühl spürbar,

Verantwortung, Zorn den Pflichtvergessenen und den eigentlich Schuldigen gegenüber, denen man hätte Einhalt gebieten müssen und können, wenn man nur auf frühere Warnungen gehört hätte. Es ging nicht um Wiederwahl oder um seine mögliche Präsidentschaftskandidatur, von der man offen sprach; er war einfach New Yorker wie wir alle.

Ein Schriftsteller nannte das Ereignis »Holocaust«. Das Wort bezieht sich seit WWII nahezu ausschließlich auf den Versuch der Ausrottung aller Juden durch die deutschen Nationalsozialisten. Wörtlich übersetzt beschreibt es nicht mehr und nicht weniger als die Realität: Alle sind sie verbrannt.

Fast. Es fällt gleichwohl schwer, angesichts der hohen Opferzahl diejenigen positiv zu vermerken, die verstümmelt an Leib und Seele, für alle Zeiten gebrandmarkt, aber eben doch mit dem Leben davongekommen sind. Nein: Des Überlebens schuldig. Auch deswegen konnte ich nicht länger sein, wer ich war – weil ich auf Kosten der Toten weiterlebte.

Es spielt keine Rolle mehr. Nachdem ich

kinderlos geblieben bin, um nicht Seinen Zorn über die unbefleckte nächste Generation heraufzubeschwören, wird in Kürze Gottes Werk an den Meinen vollendet sein. Ich spüre, meine Zeit läuft endlich ab; sie nicht selbst zu beschließen war mein einziger Akt des Trotzes. Bevor ich gehe, soll dem vor 97 Jahren von mir abgestreiften Charles Englemayer die letzte Ehre erwiesen werden, indem ich seine in mir konservierte, auf eine Minute eingedampfte Lebensessenz letztmals hervorhole. Ihn und John Zeigler endgültig voneinander scheide.

Eins, zwo, drei, Rauchgeruch in der Luft – ist der Clam Chowder vom Mittagsmenü angebrannt? Eine Schockwelle, Gerüttel, Alarmglocken, vier, fünf. Jemand ruft: Feuer! Ich wirble herum. Momma? Sechs, sieben, acht, mehrere stämmige Männer schieben mich voran, beiseite. Neun, zehn, Momma! Otto! Ma! Anna! Die Rufe gehen durcheinander, man ist sich nicht mehr sicher, wer nach wem verlangt. Elf, mehr Menschen, mehr Tumult, wir gleiten eher wie auf Schlittschuhen über den Bodenbelag, zwölf, als dass wir laufen. Dreizehn, vierzehn, vor uns fliegt eine Tür mit lautem Getöse auf, eine Scheibe splittert, fünfzehn, Flammen schießen einen halben Zentimeter vor meiner Haartolle heraus, sechzehn, weiter das Geschubse, Gedränge, siebzehn, eine Hand greift nach meiner, achtzehn, ein verzerrtes, fremdes Gesicht sieht mich an, neunzehn. Zwanzig. Die Hand lässt los, einundzwanzig, Junge! Spring, wenn dir dein Leben lieb ist, zweiundzwanzig, du kannst doch schwimmen! Dreiundzwanzig, die Schwerkraft bemächtigt sich meiner, vierundzwanzig, ich bleibe mit dem Hemdsärmel irgendwo hängen, fünfundzwanzig, der Zug nach unten ist stärker, sechsundzwanzig, hart, kalt, nass, salzig. Taub. Siebenundzwanzig. Achtundzwanzig. Himmlische Ruhe. Neunundzwanzig. Dreißig. Schwimmbewegungen sinnlos. Die Strömung zerrt. Über Wasser, einunddreißig, ein Knirschen, ein schleifendes Geräusch, als der Dampfer mit voller Kraft, zweiunddreißig, in den Sand von North Brother Island rammt, dreiunddreißig, ein schwimmender Komet mit vom Fahrtwind angefachtem Feuerschweif.

Vierunddreißig. Darüber die Kakophonie, fünfunddreißig, mit Schwerpunkt auf Alt- und Sopranstimmen, sechsunddreißig, unmenschliche menschliche Stimmbandvibrationen, wofür die eine oder andere Opernsängerin ihre Seele, siebenunddreißig, an den Leibhaftigen verkauft hätte. Eine Hand packt, achtunddreißig, meinen linken Fuß, Fingernägel, neununddreißig, graben sich in meine rechte Schulter. Ich strample, um sie, vierzig, abzuschütteln, einundvierzig, zweiundvierzig, ich trete, dreiundvierzig, vierundvierzig, wild um mich, bin, fünfundvierzig, wieder unter Wasser, der Atemreflex zieht Salzwasser in meine Lungen, sechsundvierzig! Ich muss heftig husten. Siebenundvierzig! Achtundvierzig! Überraschend ist mein Fuß frei. Meine Schulter auch. Neunundvierzig. Ist das mein Blut? Fünfzig. Lebe ich noch? Einundfünfzig. Ist das der Strand? Zweiundfünfzig. Ist das Sonnenlicht? Dreiundfünfzig. Vierundfünfzig. Pfleger! Hier ist noch einer! Fünfundfünfzig. Ein Junge. Er atmet! Sechsundfünfzig. Bringen Sie ihn weg von hier! Siebenundfünfzig. Wachtmeister! Mister Kilt! Achtundfünfzig, neunundfünfzig, hier herüber! Sechzig. Vorbei.

Endlich frei. Alles vergessen. Ein klarer Morgen, fast wie damals – ein sonniger Tag wird das heute: Der elfte September 2001. Vielleicht das Datum auf meinem Grabstein.

Charles Englemayer, Überlebender der Feuerkatastrophe auf dem Ausflugsdampfer »General Slocum«, die Kleindeutschland, New York, auslöschte.

MEHR NICHT

Eine Stunde habe ich. Eine, nicht mehr, haben sie gesagt. Sie haben mir ein Laptop gegeben und gesagt, hier, schreib. Dabei kann ich gar nicht tippen, habe nie einen Schreibmaschinenkurs besucht, muss ständig auf die Tasten und zurück auf den Bildschirm und zurück auf die Tasten blicken. Immerhin die mit dem Linkspfeil, zum Löschen, finde ich inzwischen ganz gut, was natürlich dadurch begünstigt wird, dass sie sich in der rechten oberen Ecke des Hauptblocks befindet.

Jetzt tippsele ich also auf diesem gummigefederten Keyboard herum. Klingt irgendwie wie Schmelzwassertropfen auf meiner Baseballkappe, nur noch eine Spur weicher. Ganz sicher weicher als die Hammerschläge draußen, die durch die

Vibrationen der schweren Metalltür des Kellerraums eher noch verstärkt als gedämpft werden. Verdammt, und heiß ist das hier. Es ist Winter, hier gibt's eigentlich keine Heizung, aber ich fühle mich trotzdem wie im Sommerurlaub. Außer natürlich, dass das hier nicht der Club Med ist. Ganz und gar nicht.

Ich pausiere nur für einen Moment, wische mir mit dem Hemdsärmel über die Stirn. Alles klar, fragt der Weißkittel aus dem Flur. Passt schon, rufe ich. Weiterschreiben, befiehlt er.

Der Weißkittel. Ich habe keine Ahnung, wie der Kerl wirklich heißt, er hat sich mir nicht vorgestellt oder so. Keiner von ihnen hat das. Hätte auch komisch gewirkt, wenn wir uns erstmal im Kreis die Hände geschüttelt hätten. Der Weißkittel ist halt der Kerl mit dem weißen Kittel, weiß der Geier, warum er den trägt. Ist jedenfalls kein Arzt oder Metzger oder so. Dann gibt es da noch den Oberlehrer, der hat eine dicke Brille auf und redet immer klug daher, und einen dritten Mann, den ich Captain Picard nenne. Wegen der Glatze, nicht weil er soviel zu sagen oder ich soviel Respekt vor ihm hätte. Von dem guten Captain – also dem echten - hätte ich mich problemlos in einem roten Shirt überall hin beamen lassen, aber sein Doppelgänger hier wäre schon mit dem Kommando über eine Gummientenflotte in seiner Badewanne überfordert.

Ich vermute mal, dass das Laptop, auf dem ich gerade tippe, nicht ihm, sondern dem Oberlehrer gehört, aber das ist jetzt nicht wichtig. Ich muss schreiben, schreiben, schreiben, damit ihr, die Welt – so sagen sie – wisst, was sie motiviert. Sie haben gesagt, eine Stunde geben sie mir, mehr nicht. Und dabei bin ich noch nicht mal Journalist oder so was. Ich hab' keine Ahnung, warum die ausgerechnet mich hier reingesetzt haben, um in einer Stunde ihre beschissene Lebensgeschichte zu erzählen. Deswegen mache ich hier einen auf Gandhi, von wegen gewaltfreie Nicht-Kooperation. Ich spiel einfach nicht mit, so. Die können mich mal, ich tippe einfach irgendwas, was mir gerade einfällt. Lalalalala, dadada, ichliebdichnicht-duliebstmichnicht, aha! Sollen sie doch meinetwegen ein Bilderbuch aus ihrem gottverdammten Manifest machen.

Nur die Tropfen auf meiner Baseballkappe gehen mir gewaltig auf die Nerven. Also nicht die echten - die auf der Tastatur, die so klingen, als wären es welche, nur eine Spur weicher. Irgendwie spüre ich das in meinem Kopf, jedes Mal, wenn mein Finger auf eine der Tasten klopft. Nicht die Hammerschläge draußen. Die sind mir so was von egal. Die untypische Hitze, mitten im Februar – geschenkt. Es ist nur dieses Keyboard hier. Dieses Geräusch der Tastatur, weniger ein Klappern, wie man es sonst bei Tastaturen hat, eher ein Ploppen. Aber was will ich machen, ich muss ja tippen, sonst merkt der Weißkittel, dass ich hier passiven Widerstand betreibe. Also picke ich weiter das Keyboard mit meinem Adlersuchsystem. Nur die Tropfen ignorieren, einfach tippen, schönes weiches Keyboard, Keyboard, Schlüsselbrett, Tastenbrett.

Meine Oma hat immer Keyboard und Skateboard zusammengewürfelt und es »Kateboard« genannt. Das hat Katharina immer ziemlich breit grinsen lassen. Katharina;

ich nannte sie Kate, weil ihr Großvater ein Ami war, sie also ¼ Ami. Naja, der Kerl hat Kates Oma damals nach dem Krieg mit ihrem Baby sitzen lassen, war halt nur so ein einsamer GI, dem die *German Mädel* gefallen haben. Kate hat erzählt, dass er inzwischen irgendwo in Florida bei all den anderen alten Knackern wohnt und nix mehr von der Sache wissen will. Er war's nicht, sagt er, und dafür, das Ganze vor irgendein Gericht zu bringen, ist Kates Oma zufolge schon zuviel Gras über die Sache gewachsen, das sie nicht mähen will. Oder so. Ich hab' den tieferen Sinn ihres blumigen Ausdrucks nie so ganz verstanden. Könnte ich von dem Ding hier aus eine E-mail schreiben, würde ich Kate jetzt glatt fragen. Das würde ich. Vielleicht würde ich sogar noch rechtzeitig eine Antwort bekommen. Prinzipiell bewegt sich eine E-mail ja mit Lichtgeschwindigkeit. Naja, zwanzig Minuten hätte ich noch.

Was kann man in vierzig Minuten alles zusammennageln? Die hämmern immer noch, da draußen. Und es ist viel zu warm für einen Wintertag. Aber das stört mich nicht. Ich kriege hier die Wassertropfen auf die Baseballkappe. Das Keyboard hat meinen Kopf schon ganz vollgetropft. Aber ich muss weitertippen, sagte ich ja bereits. Habe noch eine Viertelstunde, der Tastatur all das Wichtige anzuvertrauen, was der Oberlehrer, der Weißkittel und Captain Picard der Welt zu erzählen haben. Eigentlich ist es ja hauptsächlich der Oberlehrer, der Weißkittel hat nur immer dazu genickt. Dann hat mir Captain Picard dieses Tastenbrett zugeschoben und gesagt, du hast eine Stunde. Eine, nicht mehr.

Ist schon witzig. Ein Brett voller Tasten. Ich hab' meinen Englischlehrer damals gefragt, wieso *key* sowohl Schlüssel als auch Taste bedeuten kann, und er hat nur eine ziemlich verquere Erklärung parat gehabt, irgendwas mit Notenschlüsseln und Bedeutungserweiterung. Ich hab' mir dann meine eigene Erklärung gebastelt und sogar ausprobiert: Ein Jahr lang alle möglichen Schlüssel gesammelt und an ein Brett genagelt. Das ergab eine Art Xylophon mit Schlüsseln, und auch wenn ich keine richtige Melodie drauf spielen konnte, war das für mich das wahre Keyboard. Ein Brett mit Schlüsseln dran eben. Ich versuche mir dessen Klang vorzustellen statt des tropfenden klopfenden kopfverstopfenden Tastengeploppklappers. Und das Hämmern von draußen macht mir gar nichts aus.

Macht mir gar nichts aus. Pfeif' auf die Februarhitze. Ich leiste Widerstand, dadada, ichliebdichnicht-duliebstmichnicht, aha. Kate hat es immer genervt, wenn ich dieses Lied gebrummelt habe. Wie kommst du auf die Idee, dass das unser Lied sein könnte, hat sie dann regelmäßig gefragt. Sie hatte schon Recht. Nichts war unpassender als »ichliebdichnicht-duliebstmichnicht«, um unsere Beziehung zu beschreiben. Und dann passte es doch wieder, weil weder sie noch ich zugeben wollten, dass da mehr war als nur die verrückten Abende, die oft in der Kiste endeten und die wir regelmäßig zu bereuen vorgaben.

Mein Schlüsselbrett tropft immer noch. Aber die Hammerschläge draußen haben aufgehört. Dafür wird jetzt hörbar geschaufelt und gegraben. Da ist es schon gut, dass der Boden nicht mehr gefroren ist. Meine Stunde geht dem Ende zu. Und wenn ich jetzt das Laptop runterfahre und zuklappe, wird keiner erfahren, was der Weißkittel, der Oberlehrer und Captain Picard eigentlich wollten. Dafür wird man ein paar Ausschnitte meiner Lebensgeschichte und Unverständliches über ein Brett mit Schlüsseln dran lesen.

Ein viel zu warmer Tag im Februar. Wozu haben die da draußen eigentlich all die Bretter zusammengenagelt? Bestimmt nicht, um Schlüssel dran zu hängen.

DELAY

Schon bevor ein werbeagenturistisches Unwetter zum Sturm auf meine eher beschauliche oberfränkische Geburtsstadt blies und sie gar zur »heimlichen Hauptstadt des Bieres« degradierte, wussten Kenner der Szene immer zu berichten, dies sei die Heimatstadt Gottschalks. Dass Thomas G. in Wirklichkeit in jenem Bamberger Gebäude geboren wurde, in dem Jahrzehnte später Professor D. über neuen sexuellen Anspielungen für seine Psychologievorlesungen brüten würde, ist nur am Rande relevant; interessanter ist vielmehr die Tatsache, dass ich – um zumindest ein wenig mit dem Bekanntenkreis mithalten zu können, der schon mal Harald Schmidt die Hand geschüttelt, Angela Merkel zugewinkt und bei Leonardo DiCaprios Großmutter das

Badezimmer neu gefliest hatte – mich schon in jungen Jahren der Tatsache rühmte, in Kulmbach geboren und in Bamberg zur Schule gegangen zu sein, während es bei Gottschalk genau umgekehrt gewesen sei. So war es auch nicht weiter verwunderlich, dass ich bei sich bietender Gelegenheit die mir angeblich zustehenden *15 minutes of fame* in den Fußstapfen der blonden Supernase suchte und nach beharrlichem Besuch eines dreistündigen Einführungsseminars inklusive schriftlichen Abschlusstests eine wöchentliche *free format show* bei einem kleinen amerikanischen College-Radio-Sender zu moderieren befugt war. Nun muss man wissen, dass man im Land der unbegrenzten Redefreiheit nicht nur geschlossen hinter seinen tapferen Soldaten und sowieso dem Präsidenten steht (egal, ob den nun irgendjemand gewählt hat oder nicht), sondern auch sogenannte, nicht immer notwendigerweise vierbuchstabige *four letter words* wie »B-E-E-P« in der multimedialen Öffentlichkeit die ultimative Grenze der Freiheit darstellen. Wenn man berücksichtigt, dass es selbst mir als zumindest gerüchteweise pflichtbewusstem Deutschen ob meiner unter anderem in täg- und vor allem spätnächtlicher Kommunikation mit *native speakers* erworbenen Sprachkenntnisse kaum möglich war, das ach-so-böse *f-word* vor allem in emotionsgeladenen verbalen Äußerungen gänzlich zu umschiffen (sic), ist nachvollziehbar, dass sich die Technikabteilung besagter auf neunzig Komma fünf Megahertz sendender Radiostation einen besonderen Kniff ausgedacht hatte: Sämtliche Transmissionen wurden mit genau 7-sekündiger Verspätung in den Äther gestrahlt, was den dummen Deutschen und erst recht den verbalentgleisenden eingeborenen Amerikaner hinter dem Mikrofon in die Lage versetzte, per Knopfdruck eventuell bedenkliches Wortmaterial – noch vor weiterer Diffusion – in ein nicht näher bestimmtes Elektronirwana umzuleiten. Ein Gerät namens *delay device*, also »Verzögerungsgerät«, wie das Ding offiziell hieß, hätte wohl vom Namen her auch in den Beate-Uhse-Katalog gepasst, aber vermutlich wären selbst die bizarrsten Gerätschaften aus diesem Katalog nicht in der Lage gewesen, den

Vorfall zu übertreffen, der sich – wie üblich vollkommen unbemerkt von der Weltöffentlichkeit – am 8. Januar 1998 in Columbia, der Hauptstadt des US-Bundestaats South Carolina, abspielte:

Zwischen den einzelnen Songs, von denen dank zertifiziertem Bildungsauftrag des universitären Senders und damit verbundener Werbefreiheit auch einmal mehrere am Stück gespielt wurden, war immer ein wenig Zeit, um über die aktuellen CDs aus dem Fach mit der bezeichnenden Aufschrift *heavy rotation* hinaus auch ein paar ältere Stücke, vielleicht gar auf Vinyl, aus der eigentlich Disc-o-Thek heißen müssenden Plattenbibliothek zu besorgen. Besonders nachdem es einigen Hörern gelungen war, meinen noch leicht fränkischen Akzent dem richtigen Kontinent zuzuordnen, häuften sich die telefonischen Anfragen nach »Kay-Em-Eff-Dee-Em«, »Ramsteen«, »Neena«, »Craftwork« und erstaunlicherweise »Herburt Gronemyer«, die sich noch erstaunlicherweiser sogar in besagter Plattensammlung befanden. Die *library* lag im unmittelbar angrenzenden Nebenzimmer und aufgrund der vorher erwähnten technischen Schaltung konnte ich mir, wenn ich besonders schnell war, das Gänsehauterlebnis gönnen, mich selbst scheinbar live meine Radiosendung moderieren zu hören, während ich gleichzeitig stumm vor einem der Regale stand und mich fragte, welcher Idiot Herbert Grönemeyer unter »Electro« eingeordnet hatte. Doch auch wenn ich mir beim Anhören mancher nicht so gelungener geistiger Ergüsse aus meinem eigenen Mund ein selbstkritisches »kchhh« nicht verkneifen konnte, betätigte ich doch nie den dafür eigentlich vorgesehenen Knopf, nicht einmal als Nick Cave (den ich ehrlich gesagt zum damaligen Zeitpunkt noch nicht wirklich verstand) in einem *double feature* mit »f---ing«s um sich spritzte, nachdem seinen eigenen Worten zufolge bereits vorher der Regen auf ihn herabgepisst hatte. Wer's hören will: Der Song heißt »Papa Won't Leave You, Henry«. Für eben solche Fälle gab es eigens gedruckte Formulare, mit deren Hilfe bei einer Kontrolle durch die *Federal Communications Commission (FCC)* der Nachweis hätte erbracht werden können, welcher DJ für die selbstredend nur versehentlich gesendete Obszönität verantwortlich gewesen war (widrigenfalls der komplette Sender mit Repressalien hätte rechnen müssen). Genau genommen kannte ich auch unter den weiteren Mitarbeitern einschließlich des *Station Manager* mit dem dankbaren Namen Alan Persson (viele amerikanische Eltern haben einen Sinn für solchen namenstechnischen Wortspiele) niemanden, der je davon berichtet hätte, den ominösen Schalter betätigt und seine Wirkung aus eigener Erfahrung gekannt zu haben, während die FCC-Formulare regelmäßig vergriffen waren. Aber wie das nun mit elektronischen Knöpfen so einmal ist, übte das Ding eine unglaubliche Faszination aus: Sogar wenn darauf *»self destruct – never use«* gestanden hätte, irgendeiner würde ihn irgendwann drücken. Warum auch immer es die Kollegen solange ausgehalten hatten, ja, jemand würde es tun müssen. Dass es trotz dieser mir tagelang im Kopf herumspukenden Zwangsneurose nicht ich war, der es schließlich wirklich tat, war ein ausgesprochener Glücksfall, weil ich sonst vielleicht nicht einmal gemerkt hätte, was passierte.

Es war an jenem Donnerstagmorgen gegen $7^{\underline{45}}$ Uhr; um 8 sollte ich – noch vor dem von mir unterrichteten Deutschgrundkurs *German 109* – auf Sendung gehen. Während Grandpa Grammophone (der Frühaufsteher mit dem Oldie-Programm, der sozusagen schon zum Inventar der Station gehörte – ein Student war er jedenfalls nicht) noch ein wenig Countrymusik spielte und bereits die 45er-Single mit seinem Markenzeichen-ich-bin-dann-mal-weg-Song »They're Coming to Take Me Away« aus der Sammlung von Dr. Demento auf den Plattenteller gelegt hatte, die Nadel nur wenige Millimeter darüber schwebend, zum Einsatz bereit – kramte ich in der *record library* nach einem passenden Knalleffekt für den Anfang meiner Show. Kurz vor acht, wie erwartet, setzte das marschmusikartige Klatschen von Dr. Dementos Song ein – und wieder aus. Ein kratzendes Geräusch war zu hören, ich blickte auf und sah durch die Trennscheibe ins Studio. Dort saß der graubärtige Gran'pa Gram und machte keine Anstalten, irgendetwas am Plattenspieler zu drehen. Doch, jetzt drehte er sich um. Und was soll ich sagen, alles sah so aus, als hätte er die Platte noch gar nicht anlaufen lassen. Die Konstruktion der Trennscheibe war notwendigerweise schalldicht, sodass ich den Fluch, der dem Opa entfuhr, als ihm seine Cocacoladose über das Schaltpult kippte und dann der Abnehmerarm abrutschte, nicht mitbekam. In der Station herrschte, um genau solche Missgeschicke zu verhindern, eigentlich ein striktes Ess- und Trinkverbot, aber einige DJs kratzte das herzlich wenig. Das Kratzen dagegen, das ich wenige Sekunden vorher gehört hatte, musste diesem Abrutschen entsprungen sein. Dann sah ich den Grandpa auf den berühmten Knopf drücken, um die Panne zu überspielen. Das Ganze hatte nur wenige Sekunden gedauert und ich hatte es wie in Trance beobachtet, aber langsam begann wieder der normale Denkprozess in Gang zu kommen. Was hatte ich da gerade gehört und gesehen? Erst das Kratzen, dann die visuelle Bestätigung, wo es hergekommen war...? Ich betrat das Studio, ließ »Gramps« seine Schlussmoderation machen, begrüßte eher geistesabwesend meine eigenen Hörer, legte ein 9-minütiges Stück auf, mit dem ein paar Jungs aus North Carolina *»Dark Side of the Moon«* einen Tribut zollen wollten (selbst für den an sich dazugehörigen Sarkasmus hatte ich gerade nicht den Nerv) und stellte schließlich Grandpa Grammophone die entscheidende Frage: »Mann, ich hoffe, deine Platte ist noch in Ordnung. Zweimal hintereinander ausgerutscht...«

»Was meinst du, zweimal?«, sah mich Grandpa Gram verwundert an.

»Naja, ich hab' es nur einmal gehört und beim zweiten Mal nur gesehen, aber du hattest doch gerade zweimal einen Ausrutscher und hast sie dann mit dem *delay device* ausgebügelt, oder?« – »Das mit dem DD stimmt schon, aber das war nur ***ein*** Ausrutscher.«

»Oh? Na, dann hab' ich mich wohl getäuscht.«

»Hör mal, ich muss weiter, mein Plattenladen macht in 'ner Viertelstunde auf. Kannst du das hier aufwischen? Ich schulde dir was!«, verabschiedete sich der Großvater kurz angebunden und ließ mich mit dem Rätsel sowie einem halbleeren Karton Kleenex zurück.

Ich war mir ganz sicher, dass ich einen Ausrutscher gehört und einen gesehen hatte. Rein mathematisch betrachtet also in der Summe genau zwei davon. Das hieß, das DD funktionierte nicht: Nach dem die letzten sieben Sekunden überspringenden Knopfdruck hätte das Missgeschick, das schließlich maximal eine Sekunde gedauert hatte, nicht mehr zu hören sein dürfen. Aber nein, das war unlogisch: Wie konnte es denn überhaupt sein, dass ich es hörte, ***bevor*** ich den Plattenspielerarm über das Vinyl gleiten sah? Hätte ich Gramps nur auf den Knopf drücken sehen, ***nachdem*** das passiert war, wäre es klar gewesen, aber so... Die Erkenntnis brauchte eine Weile, bis sie einsickerte. Unser *delay device* hatte - vielleicht aufgrund eines absurden Kurzschlusses, der mit dem Umstoßen der Dose in Verbindung stand - gerade eine Information, statt sie, wie im Normalbetrieb üblich, einige Sekunden »in die Zukunft zu schicken", in genau die entgegengesetzte Richtung gesendet. Dank Coca-Cola hatten wir hier eine Maschine, die Informationen in die Vergangenheit transportierte. Und zwar um genau sieben Sekunden.

Wer um alles in der Welt könnte wohl für so etwas Verwendung haben?

Durch die Lektüre von Zeitreisegeschichten sowie eine gewisse Expertise in Sachen »Zurück in die Zukunft« ermutigt, beschloss ich, die Sache selbst in die Hand zu nehmen. Zunächst war, wegen der aus der einschlägigen Literatur bekannten Missbrauchsgefahr, wohl absolute Geheimhaltung vonnöten, was gar nicht so einfach war – schließlich würde innert maximal zwei Stunden der nächste DJ hier auftauchen. Was immer ich tun würde, musste schnell geschehen. Allein durch das Eintrocknen der Colareste beziehungsweise deren Aufwischen – wenn nicht durch mich, so doch möglicherweise meinen Nachfolger – könnte die versehentlich entstandene Zeitmaschine schon wieder dekonstruiert werden.

Außerdem würde ich kaum die Gelegenheit haben mich mit der wissenschaftlichen Erklärung geschweige denn der semiphilosophischen Frage zu befassen, ob das Ganze überhaupt Sinn ergab. Ich musste, mit anderen Worten, die Dinge nehmen wie sie waren und das Beste daraus machen sowie versuchen, endlich die klischeehaften Formulierungen aus meinem Kopf zu verbannen, die mir in solchen Fällen immer einfielen.

Einige der Standard-Zeitreiseanwendungen fielen schon wegen der Kürze der Zeitspanne weg. Selbst wenn die Lottogesellschaft Tipps bis zur letzten Sekunde vor der Ziehung zuließe und ich es schaffte, innerhalb von wenigen Sekunden einen Online-Lottoschein auszufüllen (gab es so was eigentlich schon? Das Internet für den Heimgebrauch war ja erst wenige Jahre alt) würde diese Möglichkeit des Schnell-Reich-Werdens (ob ich wohl eines Tages eine dieser E-mails mit dem Betreff *»Make $$$ Fast«* verschicken würde?) schon allein daran scheitern, dass die Ziehung als solche bereits mehr als sieben Sekunden dauerte und ich somit unmöglich rechtzeitig an die richtigen Zahlen gelangen konnte.

Ebensolche Zeitmangelprobleme galten für den Versuch auch nur ansatzweiser Weltenrettung durch die Verhinderung jeglicher Katastrophe, sei es nun eines unglücksfallbedingten Flugzeugabsturzes oder des Zusammenbruchs zweier Wolkenkratzer aufgrund eines absichtlich herbeigeführten solchen. Man bemerkt, dass ich diese Zeilen nach *9/11* aufschreibe, die Sache an sich ist allerdings doch schon ein paar Jahre her - damals dachte ich wohl eher an Katastrophen vom Kaliber Tschernobyl oder Challenger (ist eigentlich jemals jemandem aufgefallen, dass die nicht nur beide im gleichen Jahr passierten, sondern auch mit dem gleichen Laut »Tsch« anfingen? Nicht dass es irgendeine Bedeutung hatte, schließlich fangen fast alle Katastrophen mit einem »Tsch« an: »Tschortsch Busch«, »Tschastin Bieber«, »Tschpinat«, um nur einige zu nennen). Jedenfalls konnte ich das Ende der Sackgasse deutlich vor mir sehen, egal in welche Gedankenstraße ich auch einbog, und musste feststellen, dass auch meine Metaphern etwas eingerostet waren.

Die Maschine war also zu absolut nichts nütze. Extrem frustrierend. Ich verabschiedete mich handstreichartig von der Notwendigkeit der Geheimhaltung. Was ich brauchte, war jemand, der die versehentlich entstandene Schaltung zumindest analysieren konnte, um sie irgendwie und irgendwann nachzubauen und das Funktionsprinzip so zu erweitern, ***dass*** es einen praktischen Nutzen haben würde. Woher würde ich eine solche Person bekommen? Doch allenfalls aus geheimen unterirdischen Labors in denen wirrhaarige Wissenschaftler in weißen Kitteln an neuen Würzformeln für Nanochips arbeiteten, aus den *think tanks* eines größenwahnsinnigen Technokraten. Oder aber… unverbrauchte Junggenies aus den Hörsälen einer Universität…? Wenn man nur schnell genug möglichst viele Leute erreichen könnte – zum Beispiel mit einem *Ghost-to-Ghost-Hookup* (deutschsprachigen Insidern auch als Telefonlawine bekannt) oder… einer Durchsage im Radio!?! Für jemand, der die

Funkwellen ritt, hatte ich eine bemerkenswert lange Leitung.

Die letzten Takte von der CD der Nordkarolinger ebbten bereits ab, als ich das Mikrofon zu mir heranzog, mich räusperte und ohne groß zu überlegen folgenden Text hineinsprach: »Alright folks, what you just heard is called 'Darkseid' spelled with 'e-i', that's probably supposed to be German although the guys are from the US of A's very own First-in-Flight state. I guess Pink Floyd did a better job after all, but hey, let's give 'em a break. Talking 'bout takin' a break, that's exactly what I'm gonna do, but don't you worry, it's gonna be a musical one. Here's 'Save the Whales' from Sourwood Honey's *Oxydendrum Arboreum* album, one of my current favorites… On a different note, are there any physics majors listening to this? I need some advice concerning a temporal displacement device that's been accidentally created by Grandpa G. spilling a can of Coke over some of our electronics equipment. No, seriously, folks, call me on 777-4165 if you wanna participate in solving that mystery. And now, outta beautiful South Carolina (Nothing Could Be Fina), here's Sourwood Honey with 'Save the Whales'!"

Muss ich das jetzt eigentlich auch noch übersetzen? *Damnation.* Man reiche mir einen Babelfisch. Okay, im Mittlerweilenormalfall gäbe es an dieser Stelle jetzt einen anklickbaren Link mit den sinnigen Worten »Hier klicken«; nachdem dies allerdings kein Hypertext ist (wie konnten die Leute jemals ohne?), darf ich den geneigten Leser nur höflichst bitten (hust, hust) im Bedarfsfall kurz an das Ende zu scrollen respektive zu … äh … blättern? Und damit beenden wir unseren Ausflug in die Welt des Retrofuturismus für den Moment.

»In the interest of clarity and sanity« (»Im Interesse der Klarheit und der geistigen Gesundheit«, vielen Dank an Mel Brooks) also ab jetzt wieder möglichst alle englischen Dialoge auf Deutsch. Außer, wenn es dramatisch notwendig erscheint. Ich bin der Autor, ich darf das.

Keine Minute später trüdelte das Telefon und niemand anderer als Ramon war am Apparat, beinahe schon erwartungsgemäß:

Ramon war immer der erste, der anrief, wenn ich irgendeine Frage, einen Aufruf oder was auch immer via Funkwellen in den Äther schickte. Ramon war auch einer derjenigen, denen zuliebe ich ab und zu mal Rammstein auflegte (ob es an seinem Namen lag?) – aber das ist eine andere Geschichte, von der ich ja schon gesprochen habe. »Hey, hör mal, ich bin's. Was sollte diese Spinnerei eben mit der Zeitverschiebungsmaschine? Das hast du doch nicht etwa ernst gemeint, oder?« – »Doch, schon. Fällt dir dazu was ein?« – »Also, wenn das wirklich kein Scherz ist…« – Ramon senkte seinen Ton. – »Hatte ich eigentlich schon erwähnt, dass ich im Nebenfach Physik studiere?« – Hatte er nicht. Aber wenn es jemanden gab, der diese verrückte Geschichte verstehen würde, dann war es wohl Ramon.

»Also, du sagst, es handelt sich um eine Verschiebung von exakt sieben Sekunden?«, begann er.

»Ziemlich genau die Zeitspanne, die unser *delay device* schafft, nur eben in anderer Richtung.« Ich erläuterte ihm kurz die normale Funktionsweise des Geräts. Ramon murmelte etwas, das ich nicht ganz verstand. »Hör mal«, sagte er schließlich, »ich muss mir da selbst ein Bild von machen. Ich könnte in zehn Minuten bei dir sein, kannst du mich durch den Seiteneingang reinlassen?«

Eigentlich durfte ich nicht. Aber außergewöhnliche Situationen erfordern…

»Klar«, sagte ich kurz.

»Gut. Bis gleich. Klick.«

Ramon hatte die alberne Angewohnheit, wirklich immer »Klick« zu sagen, wenn er ein Telefon auflegte. Viel erstaunlicher war allerdings, wie schnell er dann tatsächlich vor der besagten Glastür stand. Wir begaben uns unverzüglich zum Objekt des Interesses und Ramon untersuchte es eingehend, öffnete mit einer Art Schweizer Taschenmesser für Elektronikbastler alle möglichen Klappen und analysierte Schaltkreise. Jedenfalls sah es für mich als Laien so aus, in Ramons Hirn konnte ich natürlich nicht schauen. Ich versuchte so gut es ging, mir Nachfragen zu verkneifen, aber nach circa 25 Minuten – in denen ich nebenbei auch noch CDs aufzulegen und anzumoderieren hatte – musste ich einfach:

»Und?«, fragte ich so bescheiden und unaufdringlich wie möglich.

Ramon wiegte bedächtig seinen Kopf hin und her und sah damit aus wie eine bizarre Variante eines Wackeldackels. Schließlich rückte er mit der Sprache raus: »An der Schaltung ist außer den Flecken keine auffällige Veränderung festzustellen. Das Einzige, was wir hier tun können, ist tatsächlich noch einmal Cola auf das Panel zu schütten, um zu sehen, wie es reagiert«, stellte er nüchtern fest, und ehe ich ihn daran hindern oder auch nur verbal protestieren konnte, hatte er eine Coladose aus seiner Jackentasche gezaubert, die er zu genau diesem Zweck mitgenommen zu haben schien, mit einem kurzen »Zisch« geöffnet und den schäumenden Inhalt über das Schaltpult gegossen. Ein ungewohnter Geruch stieg auf, aber immerhin nicht die Rauchwolke, die ich aufgrund dieser Misshandlung elektrischer Schaltungen erwartet hätte.

»Äh, Mist, das war jetzt zu impulsiv. Eigentlich hätten wir einen Beobachter im Nebenraum gebraucht, um zu hören, was das *delay device* macht. Aber hast du auch den

Geruch mitbekommen?«

Ich nickte. »Das bestätigt meine Theorie«, strahlte Ramon. Er hatte offenbar in den 25 Minuten, die er mit der Schaltung verbracht hatte, schon einige Ideen ausgebrütet, ohne mir davon zu erzählen. Jetzt wollte ich alles mitbekommen und hielt es für besser, ihn nicht zu unterbrechen.

»Also, was wir hier haben, ist in der Tat kein physikalischer, sondern ein biochemischer Effekt. Vermutlich werden durch eine Art Elektrolyse ein oder mehrere Stoffe aus der Flüssigkeit freigesetzt, die einen die visuelle Perzeption kurzfristig temporal verzerrenden halluzinogenen Effekt haben.«

»Auf Deutsch?«, konnte ich nun doch nicht umhin, nachzufragen.

»Englisch, meinst du? *Sorry, I don't shpracken see doytsh*«, witzelte Ramon. »Naja, laienhaft ausgedrückt, wenn du die Cola über die Stromleitungen kippst, entsteht ein Gas, das unser Hirn, in diesem Fall unseren Sehsinn, durcheinandergebracht hat. Es ist dir vielleicht noch nie bewusst geworden, aber normalerweise siehst du etwas immer einen

Nanosekundenbruchteil, bevor du es hörst, weil die Lichtgeschwindigkeit so viel höher als die Schallgeschwindigkeit ist. Das Gehirn gleicht eine so minimale Diskrepanz im Normalfall unbewusst aus, wenn Ursache und Wirkung eindeutig zuzuordnen sind und der zeitliche Abstand nicht ***zu*** groß ist. Bei Blitz und Donner funktioniert es zum Beispiel nicht, die musst du in einem bewussten logischen Denk-Akt zusammenbringen. Und auch sonst ist der Körper und das menschliche Gehirn zwar schon seit sehr langer Zeit Gegenstand wissenschaftlicher Untersuchungen, aber es gibt immer wieder Überraschungen. Das liegt natürlich auch daran, dass in deinem Körper so komplizierte bio-chemisch-elektrische Vorgänge ablaufen, die sich durch alle möglichen Einflüsse, zum Beispiel einen Stromstoß, Strahlung, chemische Stoffe wie K.O.-Tropfen, aber auch in gasförmigem Zustand – wie in unserem Fall – durcheinanderbringen lassen. Kurz gesagt, die angebliche umgekehrte Zeitverschiebung deiner *Delay*-Maschine ist reine Einbildung, eine Sinnestäuschung, so als stündest du unter

Drogen. Nebenbei bemerkt ein Forschungsergebnis, an dessen Öffentlichmachung die Firma Coca-Cola wenig Interesse haben dürfte. Natürlich könnte man auf der Nicht-Bekanntgabe dieser schädlichen Information ein Geschäftsmodell aufbauen, aber da würden wir wohl der Mafia Konkurrenz machen. Oder mit einer Horde Anwälte aneinandergeraten. Könnte leicht gefährlich werden, so oder so.«

»Kurz gesagt: Vergessen wir's?«

»Vergessen wir's«, nickte Ramon. »Allenfalls 'mal was für einen *Very Strange Trip*™ für den Privatgebrauch.« (Auch das ™ sprach Ramon hörbar aus. Wenn hier jemand *strange* war...)

»Neee, du.«

»Schade eigentlich«, meinte Ramon noch und verzog sich ebenso fix wie er aufgetaucht war. Er rief danach übrigens nie wieder die 777-4165 an, solange ich im Sender arbeitete, wie mir jetzt gerade wieder auffällt. Ich wüsste zu gerne, was aus ihm geworden ist – vor allem hoffe ich, er hat keine gesundheitlichen Probleme vom Inhalieren gasförmiger, durch Elektrolyse aus Cola gewonnener Halluzinogene bekommen.

Was mich circa ein Jahr nach diesem Erlebnis ein wenig beunruhigte, war eine frühe Drehbuchfassung von »Zurück in die Zukunft«, datiert von 1983, die mir im Zusammenhang mit der Recherchearbeit für meine Fan-Homepage in die Hände fiel. Die Zeitmaschine war damals noch nicht in einen DeLorean eingebaut – einige der Entwürfe nutzten sogar einen handelsüblichen Kühlschrank, was geändert wurde, weil man befürchtete, Kinder würden Schlüsselszenen des Films nachspielen und im Kühlschrank erfrieren. Nicht dass eine solche Erfrier-Szene im Film vorgesehen gewesen wäre… aber ich schweife ab. Jedenfalls funktioniert in dem 83'er Drehbuch Doc Browns stromhungrige Zeitmaschine erst, nachdem Marty McFly … ja, Coca-Cola in den Energiekonverter gekippt hat. Ironie des Schicksals: Die Rezeptur ist streng geheim, Doc würde also nie herausfinden, warum seine Maschine funktionierte. Nur möge mir doch jemand verraten, wie Bob Gale und Robert Zemeckis mehr als 15 Jahre ***vor*** dem DD-Ereignis auf so eine Idee gekommen sind. Zufall? Zwei Deppen, ein Gedanke? Drogenerfahrungen? Schon möglich. Aber die andere Möglichkeit… Vielleicht war es doch keine Halluzination gewesen und die Maschine funktionierte…

Schließlich war ich zu dem Zeitpunkt, als das Gas hätte entstehen können, gar nicht in dem Raum gewesen...

Mulder…?

Scully…?

Fußnote: Übersetzung des englischen Moderationstextes

Alles klar, Leute, was ihr gerade gehört habt, hieß »Darkseid« und schreibt sich mit ‚e-i'. Das soll wohl deutsch klingen, obwohl die Jungs aus dem US-höchsteigenen »Wir waren die Ersten in der Luft«-Staat kommen. Ich schätze, Pink Floyd haben das doch besser hingekriegt damals, aber hey, gönnt ihnen 'ne Pause. Weil wir gerade von Pause sprechen - ich mache auch noch eine, aber keine Sorge, es wird eine musikalische. Hier kommt »Save the Whales« von dem »Oxydendrum-Arboreum«-Album der Band

Sourwood Honey, eines meiner momentanen Lieblingslieder… Und was anderes noch, hört hier vielleicht jemand mit Hauptfach Physik zu? Ich brauche einen Rat bezüglich eines Zeitverschiebungs-Gerätes, das Grandpa G. versehentlich erzeugt hat, als er hier eine Dose Coke über unsere Elektronik gekippt hat. Nein, ehrlich, Leute, ruft an unter 777-4165 wenn ihr bei der Lösung dieses Rätsels mithelfen wollt. Und jetzt, aus dem schönen South Carolina (wat Besseres gibbet nich), Sourwood Honey mit »Rettet die Wale!«

ENDSTATION

Nervös? Ja, klar bin ich nervös. Sei das mal in meiner Situation nicht. Aber verrückt? Bin ich deswegen verrückt? Ist man verrückt, wenn einem so eine Sache passiert, die einem einfach über den Verstand geht, und man dadurch etwas, ich sag' mal, verunsichert wird? Meinetwegen auch so, dass es leicht panisch wirken mag? Ist doch eine ganz normale Reaktion. Gänzlich gewöhnlicher Vorgang, auf etwas Erschreckendes auch mit gewisser Angst zu reagieren, oder? Aber ich hab' mich unter Kontrolle. Ich bin jetzt ganz ruhig, ich denke über alles nach, was passiert ist, und wenn ich das tue, fängt es an, einen Sinn zu ergeben. Wäre ich verrückt, ginge das nicht. Verrückte ergeben keinen Sinn. Ein Verrückter hätte das nie so genau ausknobeln können, wie ich es getan habe. Hatte natürlich auch eine Menge Zeit dazu. Pass auf, Fünf, ich erklär's dir. Ganz von vorn. Ist sowieso besser, mit jemandem darüber zu reden, sonst werde ich hier am Ende doch noch wahnsinnig.

Also, stell dir vor, es ist so um die 1:30 Uhr nachts. Ich bin der Einzige, der mit der allerletzten U-Bahn bis zur Endstation durchfährt. Die Bahn ist leer, der letzte andere Passagier muss ausgestiegen sein, als ich kurz weggenickt bin – ein Cocktail zuviel. Den letzten *Long Island Ice Tea* hätte ich wohl nicht mehr gebraucht, aber ich bin frustriert, dass es mit Annie schon wieder nicht geklappt hat. Die ist doch tatsächlich mit Chris, diesem Arschloch, abgezogen.

Ich sitze hier in einer der ersten fahrerlosen U-Bahnen meiner Heimatstadt (Metropolregion, irgendwo in Deutschland. Ist nicht wirklich wichtig, OK?). Nachdem das Pilotprojekt seinen Testlauf bestanden hat, dürfen jetzt auch Passagiere mit, weil man es für sicher genug erachtet. Ein paar fühlen sich nicht ganz wohl dabei, sich quasi wie Plastikfiguren auf einer Playmobil-Eisenbahn vom Computer durch die unterirdische Gegend karren zu lassen, aber was soll's, denke ich, in Barcelona – wo ich mit meiner Exfreundin Donna den bis auf den letzten Tag wundervollsten Urlaub meines Lebens verbracht habe – klappt es ja auch schon seit Jahren. Barcelona. Wirklich schön da.

So. Endstation.

Ich will aussteigen, doch die verdammte Tür geht nicht auf. Na super. Und nicht mal ein Zugführer ist da, an dessen Tür man klopfen kann, damit er das Versäumnis bemerkt. Automatische U-Bahn. Mit elektronischen Schaltkreisen kann man nicht diskutieren. Aber ich will nicht sagen, dass das Ding vom Teufel besessen ist, wie das anscheinend ein paar der radikaleren Gegner so schön bildhaft ausgedrückt haben – und es wird sicherlich auch nicht die künstliche Intelligenz der Maschinen die Menschheit versklaven und vernichten wollen: Eine U-Bahn ist kein Terminator. Das Ding spult halt sein Programm ab, aber auf die Idee, ihm ein

Bewusstsein zu verpassen, sind die Ingenieure ja wohl nicht gekommen. Wozu sollten sie auch? Eine U-Bahn braucht nicht groß zu denken, was soll die mit einem Bewusstsein? Am Ende noch mit den drei Gesetzen der Robotik? Quasi Asimovs Pendant zu den 10 Geboten, von wegen, du sollst nicht töten und so. Klar, dass den Skeptikern wohler dabei wäre, wenn die U-Bahn ein explizites »Du sollst nicht töten« in ihrer Programmierung hätte, aber was sie dabei außer Acht lassen, ist, dass sie DAFÜR eben schon erstmal intelligent sein müsste und DAS wollen sie ja erst recht nicht. Na, wenn schon Science Fiction, dann muss man das Ganze auch ordentlich zu Ende denken, Herrschaften.

Hatte ich schon erwähnt, dass ich die bescheuerte Tür nicht aufkriege?

Also Radikalmethode, alle Knöpfe drücken, die da sind: Notruf, Notöffnung, Notbremse (nicht sehr sinnvoll, die Bahn steht ja schon)... Nichts passiert. Weder meldet sich die Einsatzzentrale NOCH GEHT DIE GOTTVERDAMMTE TÜR AUF!!

Stattdessen ertönt der bekannte

Warnton...

Uu-wuip. Uu-wuip. Uu-wuip.

...bevor die Bahn sich in Bewegung setzen wird – was sie dann auch tut.

Moment, denke ich, ich meinte, hier wäre Endstation? Oh prima, dann fährt sie wohl ins Depot, auf jeden Fall in die entgegengesetzte Richtung, wo ich definitiv nicht hinwill. Verdammte Technik. So ein bisschen mehr menschliche Kontrolle wäre schon nett. Aber trotzdem nichts, wovor man Angst haben müsste.

Ich kenne die Reihenfolge der Stationen auf dieser Linie. Schlossplatz. Staatstheater. Steinbrücke. Jahnallee. Stadion. Künstlerviertel. Jetzt natürlich in der umgekehrten Reihenfolge.

Die Bahn hält nicht am Stadion.

Nicht an der Jahnallee.

Warum sollte sie auch, dies ist schließlich die nichtöffentliche »Dienstfahrt« ins Depot. Immer noch ein ganz normaler Vorgang. Ich klebe am Fenster, um mich gegebenenfalls am Bahnsteig stehenden einsamen Personen bemerkbar zu machen, die sich ebenfalls um diese Zeit noch in die U-Bahn verirrt haben mögen, in der Hoffnung, die letzte zu erwischen. Vielleicht kann ja jemand auf den Nothalt-Knopf am Bahnsteig drücken. Ich habe definitiv keine Lust, in der U-Bahn zu übernachten, aber gewöhne mich langsam an den Gedanken. Denn da ist niemand, der helfend eingreifen könnte.

Nicht am Stadion.

Nicht an der Jahnallee.

Augenblick – Jahnallee?

Das Schild hat irgendwie anders ausgesehen.

Ich schiebe es auf die fortgeschrittene Stunde und meinen Alkoholkonsum – oder die Tatsache, dass die Bahn vielleicht eine andere Strecke fahren muss, um zum Abstellplatz zu kommen.

Scheiße, oder hat das verdammte Ding vielleicht einen Softwarefehler und ist außer Kontrolle, drauf und dran, auf der falschen Strecke mit einem anderen Zug zu kollidieren? Katastrophenszenario. Super, hier ist es also doch. Die hatten alle recht, als sie gesagt haben, sie trauen diesen Computerchips nicht weiter, als sie sie werfen können.

OK, jetzt kommt da schon ein bisschen Angst auf vor der Technik, vor der unbarmherzigen Technik, der Computersteuerung, der seelenlosen, der die Menschen egal sind, die für sie nur einen weiteren mathematischen Parameter in einer zugegebenermaßen nicht ganz unkomplizierten Gleichung darstellen.

Shit. Und es ist nicht mal jemand da, mit dem man gemeinsam in Panik geraten könnte, um sich dann gegenseitig Mut zuzusprechen und gegebenenfalls nach der Rettung ein Baby zu machen.

Ich taste nach meinem Handy. Das ist jetzt echt ein Notfall, also werde ich 112 anrufen. Aber hier ist die Technik auch gegen mich. Davon abgesehen, dass ich kein Netz angezeigt bekomme, verabschiedet sich das Gerät nach exakt 15 Sekunden mit einem schlappen Akku.

Als die fahrerlose Bahn dann durch eine Haltestelle mit der Bezeichnung »Staatsbank« fährt und wieder nicht anhält, wird es mir aus ganz anderen Gründen unheimlich. Denn es gibt keine Haltestelle »Staatsbank« in meiner Stadt (der Streckennetzplan über der Tür bestätigt das), ja nicht einmal eine Filiale einer solchen Bank. Es folgen die Haltestellen »Olympiahafen« – den gibt es erst recht nicht – und »Industriegebiet West« – mindestens die Himmelsrichtung ist falsch, und eigentlich ist am Industriegebiet auch keine U-Bahn-Station mehr.

Was. Zum. Teufel. Geht. Hier. VOR?!?

Ein Quietschen unterbricht meinen Gedankengang. Endlich ist die Bahn stehengeblieben. Mitten im Tunnel allerdings. Eine automatische Ansage warnt vor dem Aussteigen. Könnte tatsächlich gefährlich werden, die Scheibe einzuschlagen und rauszuklettern – was, wenn dann der Zug überraschend wieder anfährt?

Fuck.

Stattdessen mache ich mich jetzt an den Verkleidungen vorne zu schaffen – da, wo im Normalfall der Führerstand ist. Irgendeine Handsteuerung, irgendeine Möglichkeit zum Überbrücken der Computerkontrolle muss es doch geben! Geh auf, du Schrottteil! Na super, überall die billige chinesische Plastikscheiße, aber ausgerechnet hier verwenden sie Kunststoff, der für schusssichere Westen taugen würde.

Bäng! BängbängBÄNG!!!

Ist echt ein Wunder, wieviel Aggressivität noch in mir steckt. Nur mit Fußtritten, mit roher Gewalt gelingt es mir, eines der Paneele zu öffnen und an eine Art Terminal heranzukommen, das allerdings keine sehr informative Anzeige hat – nur eine siebenstellige rote Zahl...

Blip!

BLIP!

B L I P !

Klassisch. Ich fühle mich schon wieder wie im falschen Film. Und Tom Cruise kann ich nicht leiden.

Ich gehe zurück durch den Zug, um es auf der anderen Seite zu probieren, wo ebenfalls ein Paneel die elektronischen Kontrollen verbirgt. An dessen Innenseite hat jemand mit Edding eine Nummer gekritzelt. Das ist doch was.

Irgendwie hab' ich dieses Déjà-Vu-Gefühl.

Nicht so sehr die exakten Bilder und Ereignisse betreffend, sondern die übergeordnete Struktur. Irgendwie ist das diese typische Aneinanderreihung von Ereignissen und seltsamen Zufällen, die mich an ein Computerspiel erinnert, ein bisschen »Silent Hill« vielleicht. Bei »The Room«, das eher eines der schlechteren war, gab's ja sogar Szenen im U-Bahn-Schacht. OK, immerhin habe ich hier keine mutierten Krankenschwestern.

Moment.

Träume ich das alles hier? Oder bin ich Teil eines bizarren Experiments, bei dem mich ein verrückter Professor an sein neues, immersives Computerspiel angeschlossen hat? Nein, für den heutigen Stand der Technik fühlt sich das alles hier viel zu real an. Aber die Tatsache, dass das Folgende wirklich funktioniert und die Nummer – ähnlich wie die Rätsellösung oder der gerade benötigte Gegenstand im Computerspiel ZUFÄLLIG vor meiner Nase herumliegend – wirklich stimmt, gibt mir EIN BISSCHEN zu denken. Da könnte man schon eine Art Verfolgungswahn entwickeln wie diese Typen mit ihren Verschwörungstheorien. Dass die Welt eine von irgendwelchen Göttern oder meinetwegen Aliens kontrollierte Matrix-Simulation ist. Wir nur Ratten im Labyrinth, Unterhaltungsprogramm für eine höhere Intelligenz.

Es hilft nichts. Also: Ich probiere die Zahlenfolge tatsächlich erfolgreich am Computerterminal aus und die Bahn fährt rückwärts zur vorigen Haltestelle zurück, hält dort, aber die Türen bleiben zu. Na, auch das ist jetzt sowieso egal. Mit dem Nothammer schlage ich die Scheibe ein und bin immerhin schon einmal raus aus dem Zug. Der fährt nach ein paar Minuten automatisch weiter und hinterlässt mich in einer einsamen, mir unbekannten Station, die es eigentlich gar nicht geben dürfte.

Nein, wirklich. »Industriegebiet West«? Spiegeluniversum oder was? Das schauen wir uns doch mal genauer an. Wenigstens gibt's Schilder, die zum Ausgang weisen. Einziges Problem (wer hätte es gedacht, bei meinem Glück): Die Ausgänge sind durch massive Eisengitter versperrt, die sich durch Fußtritte nicht einschüchtern lassen. Rufe bleiben erfolglos, obwohl ich erst aufgebe, als ich ziemlich heiser bin. DAS! KANN! DOCH! WOHL! VER! FICKT! NOCH! MAL! NICHT! WAHR! SEIN!!!

Zurück, zurück. Bringt ja doch nichts.

Wieder auf dem Bahnsteig probiere ich diverse Notrufknöpfe et cetera – ohne Erfolg. Die Erkenntnis reift: Wenn ich hier nicht wirklich ganz festsitzen will, muss ich es wohl durch den Tunnel probieren.

Aber wenn eine Bahn kommt?

Ach, verflucht.

Da kommt keine, sieht man doch!

Und wenn doch?

Nein.

Doch.

Nein, lieber nicht.

Oder lieber doch?

Scheißescheißescheiße.

Ich warte

nicht mehr.

Doch, ein paar Minuten noch.

Das geht

nicht

gut.

Doch, das geht. Muss gehen.

Nach einer gefühlten Stunde traue ich mich doch.

Ich gelange über den nur spärlich notbeleuchteten Wartungssteg im Tunnel zur nächsten eigentlich nicht existieren sollenden Haltestelle. Auch hier ist alles genauso – Ausgang versperrt, kein funktionierender Notruf. Ich will mich wieder auf den Weg machen, als ich auf einer der Bänke in einer Nische jemanden sitzen sehe.

Hallo? Entschuldigung?

Ja, Sie da?!

Keine Antwort.

Ich wage mich näher und stoße auf eine – ich muss das jetzt buchstabieren, damit du es so realisierst wie ich gerade. Ich denke mir das nicht aus, OK? Das ist wirklich so passiert. Mir! Es ist alles wahr. Kann ich auf jedes beliebige heilige Buch schwören. Echt jetzt!

Also, da sitzt eine m - u - m - i - f - i - z - i - e - r - t - e L - e - i - c - h - e .

Yes, Sir.

Also nicht so eine klassische Film- und

Museums-Mumie, eingewickelt in Bandagen, sondern ein Typ, der mal gelebt hat, jetzt tot ist, aber immer noch genau so rumsitzt wie als er gestorben ist. Ein wenig frankensteinzombiemäßig, nein eher leicht verschrumpelt-ledrig, aber doch erkennbar und eben nicht so in Skelettform wie man sich so gespenstische Tote auch oft vorstellt.

Achduscheißeachduscheiße. Der Kerl ist tot. Toter als der sprichwörtliche Türnagel. Sargnagel. Wie auch immer, verfluchte Scheißescheißescheiße, da sitzt 'ne Leiche! Auf der verdammten Sitzbank! Sitzt! Eine! Verdammte! LEICHE!

Mir wird schlecht.

Und schlechter.

Denn: Sie trägt die gleichen Klamotten wie ich (soweit das noch erkennbar ist). Und davon abgesehen... Scheiße, ist das abartig. Der Kerl SIEHT AUS WIE ICH!

IN TOT!

Mannmannmannmann, soviel hab' ich doch nun wirklich nicht getrunken.

Ich weiß: Irgend so ein Wichser hat mir was in den Drink gemischt. Irgendwelche

Tropfen. Die wollten mich ausrauben. In der U-Bahn. Mein Iphone abziehen. Undwasweißichwas sonst noch.

Das ist nicht echt. Kann nicht sein.

Also, herzlichen Dank, Kumpels – die *Stan Winston Studios* zu engagieren, um mir mit derart perfekten Kreaturen-Spezialeffekten einen Streich zu spielen, das ist schon ganz großes Kino. Wahrscheinlich sind hier überall Kameras.

Klar sind hier überall Kameras. Aber die sind aus. Da blinkt nix.

Nee jetzt, oder? Einmal wenn man den verfluchten Überwachungsstaat BRÄUCHTE, ist er gerade offline? Na danke, liebe Datenschützer. Ich weiß, wo ich euch demnächst hinwünsche, wenn mir mal wieder einer von euren Einwänden auf den Senkel geht. Genau hier runter, in den U-Bahn-Schacht, mit toten Mumienleichen, die aussehen wie ihr in tot. Genau sowas werde ich mir wünschen. WENN ICH ERST HIER RAUS BIN.

Nein, ich werde nicht in Panik verfallen.

Keine Panik. All das ist nicht echt.

Zumindest keine Bedrohung.

Hey, selbst WENN der Kerl ich ist, eine Klonleiche oder was auch immer, er ist tot, ne? Was kann er mir schon tun? Also, ruhig bleiben. Keine Angst. Die Angst tötet das Bewusstsein. Angst ist der kleine Tod, der zu völliger Zerstörung führt. Ist nicht von mir, sondern Paul Atreides.

Nach Abschüttelung meines anfänglichen Restekels durchsuche ich den Mumiendaddy nach Brauchbarem und finde außer einem Handy mit leerem Akku auch eine Geldbörse. Mit Ausweis. OK, das war ja jetzt klar. Der Tote heißt genauso Nic wie ich und wurde angeblich am selben Tag geboren – nur die Adresse, die auf der Rückseite eingetragen ist, stimmt nicht.

Was ist das jetzt, wirklich eine alternative Realität oder ein Recherchefehler der Witzbolde, die hier versuchen, mir Angst einzujagen? Ich bin mir sicher, dass es für all das eine rationale Erklärung geben muss. Mit mir nicht, Herrschaften. Glaubt ihr, ihr könnt mich mit eurer zugegebenermaßen gut gemachten Geisterbahn wirklich erschrecken?

Nein, echt nicht, aber ich spiele noch eine Weile mit. Nur, um euch nicht zu enttäuschen.

Apropos Geisterbahn. »Mein« Zug ist wieder da. Ich erkenne ihn an der kaputten Scheibe. Nachdem ein paarmal nur dieser eine in jeweils entgegengesetzte Richtungen unfallfrei an mir vorbeigefahren ist, beschließe ich, dass es einigermaßen sicher ist, wieder hineinzuklettern und mitzufahren. Irgendeinen Ausweg muss es doch geben, am anderen Ende des Tunnels wenigstens? Die Bahn setzt sich in Bewegung, fährt ein paar Minuten, erreicht aber wieder nur die mir schon bekannte Endstation, wo eine Spritzbetonwand das Ende des Tunnels darstellt, komplett mit zwei Eisenbahnpuffern, die die Aussage »hier geht's nicht weiter« unterstreichen. Die Station heißt jetzt »Bürgermeisterin-Fiederer-Straße« statt »Bürgermeister-Fiedler-Straße«, aber das ist eigentlich schon gar nicht mehr interessant.

Diesmal öffnet sich sogar die Tür. Zögernd steige ich aus. Alles normal. Zumindest nach den Spielregeln dieser Welt normal. Alles unter Kontrolle. Ich bin und werde nicht verrückt, ich bin ganz ruhig, weißt du? Ein Verrückter würde jetzt panisch rumkreischen oder -rennen. Ich bin ganz cool, ich sehe mich um, evaluiere meine Situation und treffe bedächtige Entscheidungen.

Als die Bahn ohne mich abgefahren ist, höre ich ein Schnaufen aus dem Tunnel. Jemand nähert sich.

Einem Instinkt folgend verstecke ich mich hinter einer Säule und ein paar Mülleimern und von den Bahngleisen klettert ein schmuddeliger Typ mit zerzaustem Haar und Bart sowie stark verschlissener Kleidung auf den Bahnsteig.

Ach du Schande, Scheiße, Schrott!

Das ist schon wieder eine Version meiner selbst. So wie das aussieht, eine, die offenbar schon länger hier unten lebt. Die Frage »wovon« stellt sich – vorläufig – nicht, obwohl es schon sein könnte, dass dem Toten vorhin ein Arm gefehlt hat... Nein, den Gedanken führe ich nicht zu Ende.

Kurz bevor ich mich bemerkbar machen kann (sollte ich das überhaupt?), fährt mein Alter Ego erschrocken zusammen und verschwindet wieder im Tunnel. Ich folge ihm; als ich in einer von einer flackernden Lampe nicht wirklich erhellten Ausweich-Nische für Servicekräfte meine, jemanden stehen zu sehen, will ich ihn ansprechen, aber es ist nur eine weitere Kopie von mir. Nic Nummer vier.

Unter anderen Umständen sollte mich das jetzt schockieren, oder? Schon komisch, dass man sich wirklich an ALLES gewöhnen kann.

Selbst an Leichen die so aussehen wie man selbst. Wird alles mit der Zeit ganz normal und wenn man eine gesehen hat, hat man alle gesehen.

Okay, wen versuche ich hier zu verarschen? Das ist immer noch so *creepy* wie beim ersten Mal. Hey, verdammt, ich will, dass du dir das mal wirklich bewusst gibst: Du bist alleine in der U-Bahn eingesperrt und die einzigen Menschen, denen du begegnest, sind nicht nur in der Mehrzahl tot, sondern sehen auch noch genauso aus wie du! Hallo? Was für ein Trip ist das? Da würde jeder andere wahrscheinlich drüber komplett wahnsinnig werden. Ich natürlich nicht, das erwähnte ich bereits. Also, unheimlich ist mir das Ganze schon, aber – ich weiß nicht so ganz wie – ich bewahre die Fassung. Ich lasse mich nicht ins Bockshorn jagen. Wenn ich hier unten austicke, ist alles aus. Man könnte sicherlich behaupten, ich wäre ja bereits ausgetickt, weil ich Dinge sehe, die es nicht geben kann, aber nachdem es sie ja offenbar doch gibt und ich nicht verrückt bin... *quod erat demonstrandum!* Soweit kommt's noch, dass mich jemand mit seiner Logik über den Tisch zieht und mich zu einem Verrückten abstempelt, nur weil ich Dinge sehe, die es SEINER BESCHEIDENEN MEINUNG NACH nicht geben kann. Doch, es gibt sie, hier sind sie doch, also, bin ich verrückt? Ja wohl nicht, oder? Ich kann's beweisen. Hier, bitteschön, eine Leiche, die aussieht wie ich! Hier, noch eine! Und noch eine! Wie viele muss ich dir davon um die Ohren schmeißen, damit du es glaubst?

Dabei ist es komisch... Es hat den Anschein, als hätte diese eine spezielle hier jemand extra so aufgestellt, damit

es

so
aussieht
–
–
–

Ein Schlag!

Scheißescheißescheiße, das TUT WEH! FUCK! FUCK! FUCK! Was soll das, DU ARSCH! DU! VERFICKTES! ARSCHLOCH!

Ein Handgemenge entsteht, bis ich bemerke, dass derjenige, den ich da bekämpfe, tatsächlich mein »anderes Ich« ist. Scheiße, Mann, merkst du eigentlich, mit wem du dich da gerade prügelst???

Ich bin scheinbar zu ihm durchgedrungen, er hält inne. Aber nicht wegen irgendeines neuen Erkenntnisprozesses – mir wird klar: Der weiß sehr genau, mit wem er sich da gerade prügelt. Die Tatsache, dass er es genau weiß, ist der Grund, weshalb er es tut. Verflucht, mein Gehirn käst.

Alter! Was geht hier ab?

Doppelnic ist offenbar verwirrt darüber, dass ich ihn anbrülle. Oder er hat bemerkt, dass er gegen eine frischere Version seiner selbst keinen Kampf gewinnen kann, jedenfalls verdünnisiert er sich.

Alter! Warte! Ich will wissen, was hier los ist!

Ach, das interessiert doch sowieso schon niemanden mehr.

Mich jedenfalls nicht.

JA, ES IST MIR SCHEISSEGAL, OB NUN GOTT, DAS SCHICKSAL, DAS UNIVERSUM ODER WAS-AUCH-IMMER MEINT, MIT MEINEM LEBEN RUMSPIELEN ZU MÜSSEN. HÖRT EINFACH AUF DAMIT!

Ich bin ganz ruhig.

Ich.

Bin.

Ganz.

Ruhig.

Mein rechter Arm wird strömend warm.

Ich bin gaaanz ruhig.

Jetzt versuche ich mal in aller Ruhe, dem Ganzen einen Sinn zu geben. Mit Logik von vorne bis hinten zu durchdenken, was hier warum geschieht.

Mit Logik.

Genau.

Wie Mister Spock. Die emotionale Seite seiner menschlichen Hälfte unter Kontrolle bringen und die kühle vulkanische Logik walten lassen. Es gibt für all dies eine ganz logische Erklärung. Hab' ich dir ja von Anfang an gesagt. Ich hab' das ganz nüchtern durchdacht. Naja, vielleicht mit ein wenig viel Science Fiction dabei; in solcherlei Situation muss man gewisse Zugeständnisse machen. Aber es funktioniert! Aufgepasst.

Erstens: Die seltsamen Stationsnamen. Ganz eindeutig eine Paralleldimension, in die der Zug geraten ist – und mit ihm ich. Er selbst hat ja auf dem Plan noch die »normalen« Stationen gelistet. Grund: unbekannt, aber womöglich technische Ursache, irgendeine bizarre Fehlfunktion der modernen Elektronik. Da hat jemand unbeabsichtigt einen Dimensionsfluxkompensator gebaut, der eigentlich nur einen neuartigen Computer zur U-Bahn-Steuerung zusammenschrauben sollte. Ergibt durchaus einen Sinn, doch, doch. Wenn alle anderen Erklärungen versagen, muss die übrig gebliebene, so abwegig sie scheinen mag, unweigerlich die richtige sein. Wiederum nicht meine Worte, sondern die eines brillanteren Geistes, der es ja nun wirklich wissen muss.

Zweitens: Die Doppelgänger. Ein einziger würde ja in einer Parallelwelt ohnehin Sinn ergeben; dass es hier mehrere sind, legt nahe, dass der Dimensionszusammenfall schon einmal passiert ist. Auch das funktioniert, wenn die Parallelwelten jeweils die gleiche U-Bahn besitzen. Alles ganz logisch.

Drittens: Die Tatsache, dass wir hier festsitzen, obwohl doch spätestens nach soundsoviel Stunden wieder Tag und die U-Bahn daher geöffnet sein müsste. Ganz klar eine Art Zeitblase, die sich gebildet hat, weil das Universum sich vor einem Paradoxon, dem zerstörerischen Widerspruch der Existenz mehrerer Versionen derselben Person auf der gleichen Raum-Zeit-Ebene zu schützen versucht. Würde ich auch so machen, wenn ich ein Universum wäre.

Viertens: Dass fast alle anderen Nics tot sind und dass »der Andere« versucht, auch mich umzubringen. Offenbar ein Versuch, aus der Schutzblase zu entkommen – wenn nur noch ein Nic übrig ist, hat das Universum keinen Grund mehr, sich selbst vor diesem offensichtlichen Widerspruch zu schützen, ergo geht mit dem Tod meines vorletzten verbliebenen Ichs vermutlich auch das Portal in mein eigenes Universum wieder auf.

Noch einmal langsam zum Mitmeißeln: Es kann nur einen geben. Drei Nics sind in dieser Welt zuviel und mussten bzw. müssen liquidiert werden – wenn man es sich mal auf der Zunge zergehen lässt, ist das eine mehr als außergewöhnliche Art von Selbstmord...

Annie hin oder her, ich habe nicht vor, mich umzubringen. So richtig ganz und gar nicht.

Der Andere ist in meiner Denkpause erst mal nicht wiedergekommen, vielleicht ist er auf der Suche nach besserer Bewaffnung... auch wenn hier unten keine eigentlichen Waffen verfügbar sind, kann man doch wahrscheinlich einige Gegenstände auftun, die nach dem Prinzip stumpfer Gewalteinwirkung töten.

Ich finde es dann nebenbei durch einige

weitere Versuche wundervoll eindeutig bestätigt, dass ich durch den verzweigten Tunnel (ob nun mit oder ohne Zug und egal in welche Richtung) immer wieder nur bei der Sackgassen-Endstation ankomme. Genau. Eine Raum-Zeit-Blase ist, wie der Name schon sagt, rund. Alles immer noch ganz logisch, nicht?

Aber ich hab' jetzt keinen Bock mehr, im Kreis zu laufen und nirgends anzukommen wie der Hamster im Rad. Ich muss den Penner wirklich loswerden, wenn ich hier raus will. Ihn um die Ecke und damit das Universum in Ordnung bringen. Scheiße, geht das echt nicht anders? Es ist ja nicht nur so, dass ich mir nicht vorstellen kann, einen Menschen zu töten – ER IST ICH, gottverdammt!

Der pendelnde Zug fährt vorbei. Liegt wohl daran, dass er wegen der seiner Programmierung nicht entsprechenden Haltestellen doch nicht mehr jedes Mal einen Anhaltebefehl bekommt. Logisch. Alles ganz schlüssig.

Und wie das in Videospielen so ist, steht der benötigte Gegenstand mal wieder scheinbar harmlos in der Gegend rum. In diesem Fall der mumifizierte Dummy, den ich jetzt in perfekter Spießumkehrung in eine schattige Ecke stelle und als Lockvogel für Alternativ-Nic benutze.

Nicht, dass ich dran glauben würde, dass er tatsächlich drauf reinfällt. Aber eine Kettensäge ist gerade nicht verfügbar und wenn doch, dann wäre das Benzin garantiert auf dem Mars. Wenn das jetzt für dich keinen Sinn ergibt, mach' dir keine Sorgen, das ist wieder nicht wirklich wichtig.

Ich mache mich unsichtbar. Mit dem Rücken zur Wand in der nächsten Servicenische. Ein paar Meter neben mir tut mein Leichenkumpel nur so, als würde er sich verstecken, und als sich die Lebendversion im Schutz des lauter werdenden, sich nähernden Zuglärms tatsächlich an ihn statt an mich anschleicht, nutze ich die wahrscheinlich einzige Gelegenheit.

Hab' dich, mein Freund. Hasta la bye-bye.

Ich stoße ihn von hinten auf die Gleise, buchstäblich eine halbe Sekunde, bevor der

Zug durchrauscht. Aber der ist nicht laut genug, das Geräusch zu übertönen, das entsteht, als die beiden sich berühren.

DAS möchte ich NIE IM LEBEN mehr hören.

Also, ich versuche das hier so genau wie möglich zu schildern, damit du dir das vorstellen kannst, aber… brrr! Es ist wirklich unschön. Andererseits... hat es was Musikalisches. Komponiertes. Wie die klangliche Hüllkurve aus einem Sound-Synthesizer. ADSR: Attack, Decay, Sustain, Release. Auf Deutsch: Der Sound wird angerissen, fällt ein wenig ab, wird gehalten und klingt dann aus. So läuft das. Genau so muss ich das beschreiben.

Also. Der Anfang, der »Attack« des Geräuschs, ist die einfachste Sache – das ähnelt einer Plastiktüte vom Metzger, bestückt beispielsweise mit ein paar frischen Kalbsschnitzeln, die du dynamisch auf die Küchenablage schleuderst. Dann nimmst du, als »Decay«, in Gedanken einen ziemlich großen Klettverschluss und lässt ihn ratschen; stell dir dabei das Geräusch ein bis zwei

Oktaven tiefer vor als normal. DAS, so vermute ich, war jeder einzelne Knochen in Mister Doppelgängers Körper. Den »Sustain« wischte dann doch das Fahrgeräusch der U-Bahn beiseite, aber an den »Release« kann ich mich noch ziemlich genau erinnern: Der paradoxe Klang, als in einem kleinen, feinen Seufzen der letzte Atem dieses menschlichen Wesens – so an die tausendfach beschleunigt im Vergleich zum Normalfall – mit Brachialgewalt aus den in Sekundenbruchteilen zerstörten Lungenflügeln gepresslufthämmert wurde. Adieu, meine Seele.

Meine.

Genau, das Problem an der Sache ist, dass ich mich exakt genauso anhören würde, wenn man mich vor die U-Bahn schubsen würde. Das ist das, was das Ganze so eklig macht: Mir wurde gerade demonstriert, wie ICH MICH anhöre, wenn mich eine U-Bahn tötet.

Der Alternativ-Nic wird vom Zug mitgerissen. Ich hab's getan. Und, das hätte ich fast zu erwähnen vergessen: Eine abgetrennte Hand landet vor mir auf dem Bahnsteig. Mit einem Verlobungsring, der vom Finger rutscht und sich klimpernd auf den Fliesen dreht. Eine Szene, wie sie im Horrorfilmdrehbuch steht. An DIESER Stelle kotze ich dann. Denn ein eiskalter Killer bin ich ja nun doch nicht und was zuviel ist, ist zuviel.

Aber der Albtraum ist vorbei: Mit der nächsten U-Bahn, die anhält, werde ich zurück in meine eigene Welt kommen. Der Logik folgend, derer ich mir ganz, ganz sicher bin. Es kann ja gar nicht anders sein.

Lange muss ich nicht auf die Bahn warten. Ich steige ein und fahre los, nachdem ich noch schnell den Ring aufgelesen und an meinen Finger gesteckt habe. Ist ja im Prinzip meiner, auch wenn Annies Name drinsteht.

Na, den Rest kennst du ja. Dass es nicht funktioniert hat. Dass du an der nächsten Station schon auf mich gewartet hast. Ich wieder von vorne anfangen musste.

Aber Blau steht uns sowas von gar nicht, Fünf. Erst recht nicht im Gesicht. Zu dumm, dass ich dich erwürgen musste. Das machen wir beim nächsten Mal anders.

Ja, ich glaube, da kommt wieder einer.

EIN GANZ NATÜRLICHER VORGANG

»Sie hat *was?*«

Karting schien vor empörter Verblüffung die Luft wegzubleiben.

Martin Essel schob ein Dokument quer über den anachronistisch wirkenden Schreibtisch aus echter deutscher Eiche. »Hier. Ein zweiseitiges Anschreiben auf knitterfreiem Papier, mit DigiLog-Unterschrift. Dokumentenechte Tinte! Alles real und dreidimensional, also so offiziell und wichtig es ein Anwalt derzeit nur machen kann.«

»Das sehe ich, aber das ist doch absurd!«, beharrte Karting.

Der junge Privatsekretär verzog entschuldigend das Gesicht. »Nun ja, Sie wissen ja, dass die derzeitige Rechtsprechung in Sachen Künstliche Intelligenz noch stark fluktuiert. Nach momentaner Lage sind Programmierer und Betreiber jeglicher KI-Technologie als… ‚Erziehungsberechtigte' für ihre ‚Kinder' haftbar zu machen. Hier, im Anhang gibt es eine Liste relevanter Gerichtsentscheidungen.«

»Auch das sehe ich, aber es ist und bleibt eine absolut unsinnige Forderung. FemBot 23 ist eine Arbeitsmaschine, kein, kein - Playboy!« Karting wies durch die Rauchglasscheibe an der Rückwand seines Büros auf die dort aufgereihten Roboter und schüttelte den nur noch spärlich grau-braun behaarten Kopf.

Malcolm Karting, 52 Jahre alt, unverheiratet, keine Kinder, war Besitzer und Leiter einer Privatklinik für Samenspenden. Im zweiten Jahrzehnt des 21. Jahrhunderts waren als Maßnahme gegen die Überalterung der Bevölkerung nicht nur Abtreibungen – außer in Fällen, in denen das Leben der Mutter gefährdet gewesen wäre – für illegal erklärt, sondern auch eine Zwei-Kind-Pflicht für Staatsbürger und -bürgerinnen bis 40 Jahre sowie eine regelmäßige Spendepflicht für alle zeugungsfähigen Männer und Frauen bis 30 eingeführt worden. Seither waren ähnliche Häuser in Deutschland weiter verbreitet als Schnellrestaurants mit dem goldgelben »M«.

Nachdem es in Kartings Klinik in der Vergangenheit drei Mal zu Übergriffen auf Patienten und Patientinnen durch Betreuungspersonal gekommen war, hatte man – außer den Firmennamen und die Adresse zu ändern – beschlossen, den Risikofaktor Nummer Eins, die menschlichen Angestellten, komplett aus der Gleichung zu entfernen. Das bedeutete den Beginn des Zeitalters von FemBot und ähnlichen Konstruktionen. Schließlich - Missbrauchsfälle waren auch in anderen Kliniken ruchbar geworden - gewann das robotisierte System deutschlandweite Bedeutung, als am 5. November 2038 ein Gesetz Gültigkeit erlangte, das Fortpflanzungshilfe durch Menschen für unzulässig erklärte. Gleich am darauffolgenden Tag verabschiedete der Bundestag einstimmig einen Nachsatz, der sexuelle Aktivitäten zwischen Lebensabschnittspartnern von dieser Regelung ausnahm – ein findiger Anwalt hatte noch am ersten Nachmittag per E-mail

Abmahnungen an Millionen von nachweislich in heterosexueller Partnerschaft lebenden Bürgern wegen »evidenten Verstoßes gegen das FortpflHelfG« verschickt.

Das komplette Verfahren lief so anonymisiert wie möglich ab. Um ihren gesetzlichen Verpflichtungen nachzukommen, loggten sich Paare oder Einzelpersonen an der Rezeption ein, wo lediglich ihr Alter und die Gültigkeit ihrer KinderCard (die sonst als Nachweis für mit der Kinderpflicht verknüpfte soziale Vergünstigungen diente), jedoch keine weiteren persönlichen Daten überprüft oder gespeichert wurden. Dann wurde den Beteiligten ein Behandlungsraum zugewiesen, in dem sie geschlechtsabhängig eine Probe abgaben. Deren Entnahme bei weiblichen Patienten oblag FemBot 23 und 41 weiteren bau- und programmgleichen Modellen in Kartings Privatklinik.

Um die zu erwartende anonym-kalte Atmosphäre in der neuen Klinik mit einem gewissen Maß an menschlicher Wärme anzureichern, war man in der Softwareabteilung auf die Idee gekommen, KI-Routinen in FemBots Programm zu integrieren. Das erlaubte der Maschine, zumindest verbal beinahe »natürlich« mit den Patienten zu interagieren und ihnen die Scheu vor der rein mechanischen Konstruktion zu nehmen. Der Erfolg gab Karting Recht: War es bisher bei jedem Versuch, das neudeutsch »Birth Enforcement« genannte Geburtenprogramm zu mechanisieren und damit noch effektiver zu machen, zu weit reichenden Protesten gekommen, weil es als zu unmenschlich empfunden wurde, hatte die Bevölkerung nach einiger Zeit das neue System als notwendiges Übel akzeptiert (auch wenn diverse Organisationen und Institutionen – allen voran der Vatikan – natürlich ihren formalen Protest aufrechterhielten). Patienten und Patientinnen, die man interviewt und darum gebeten hatte, die Erfahrung zu beschreiben, schilderten diese sogar als durchaus positiv. Die Interaktion mit der Künstlichen Intelligenz unterschied sich ihrer Meinung nach nicht bemerkbar von der mit einem menschlichen Arzt, der in einem Quarantäneraum mit Hilfe von ferngesteuerten Robotarmen Untersuchungen und Operationen vornahm.

Was dagegen Patientin AE281F, 29 Jahre alt, ledig und bereits mit den vorgeschriebenen zwei Kindern gesegnet, widerfahren war, war in FemBots Ablaufprogramm gar nicht vorgesehen und konnte somit nur auf eine Fehlleistung der KI-Software zurückgeführt werden: Eine scheinbar selbständige Entscheidung, die natürlich im Grunde auf einer softwareinternen Logik beruhte.

»Ich habe ja schon einiges von seltsamen Reaktionen Künstlicher Intelligenz gehört, aber das ist doch nun wirklich inakzeptabel. Wofür bezahle ich meine Softwareabteilung eigentlich?«, machte Karting seiner Frustration Luft.

»Man hätte vielleicht doch auch an die Asimov'schen Gesetze denken sollen«, versuchte es Essel zum wiederholten Mal. »Ich meine, es scheint mir immer so, als ob sich keiner ernsthaft mit den zu erwartenden Problemen einer fortschreitenden Computer- und Robotertechnologie auseinandergesetzt hat. Liest denn hier niemand Science Fiction? Man muss doch nicht einmal Futurologe sein, um zu erkennen, dass die Autoren von

Zukunftsfiktion aus dem frühen 21. bis zurück ins 19. Jahrhundert und weiter nicht etwa von der Realität abgekoppelte Spinner waren, sondern einfach die jeweils aktuellen Entwicklungen konsequent zu Ende gedacht haben...«

Immerhin, Karting hatte sich seit ihrem letzten Gespräch genauer informiert, was die kryptischen Andeutungen seines Sekretärs bezüglich Isaac Asimov zu bedeuten hatten. »So ein Unfug!«, stellte er, dessen Keckheit geflissentlich ignorierend, fest. »Warum sollte man einen Bot, der lediglich einige gleichförmige Arbeiten zu erledigen hat, mit einem überhöhten Moralprogramm belasten? Hätten Sie Lust, ihrem Putzroboter jedes Mal auseinandersetzen zu müssen, warum er den Fußboden verdammt noch mal ohne Widerrede bohnern soll, obwohl potenziell Menschen darauf ausrutschen und zu Schaden kommen könnten?«

»Aber das ist ja gerade das Problem. Es sind eben nicht einfach nur die rein mechanischen Abläufe, die geregelt werden müssen, sondern eine ganze Bandbreite an möglichen emotionalen Reaktionen der KI auf ihre menschlichen Interaktionspartner.«

»Davon mal ganz abgesehen, dass die Definition von ‚Schaden zufügen' nicht in jedem Fall auch unsere Situation einschließt und das Ganze somit schon an Asimovs Erstem Gesetz scheitern würde.« Karting hatte wirklich seine Hausaufgaben gemacht.

»Im Prinzip«, versuchte er die seiner Meinung nach unfruchtbare Diskussion zu beenden, »wäre es das Beste, die potenziell gefährlichen Teile der KI komplett aus dem Programm zu entfernen.«

Essel schüttelte den Kopf. »Das ist der Entwicklungsabteilung in der Tat durch den Kopf gegangen, nachdem ich sie noch gestern Nacht von der Situation in Kenntnis gesetzt habe.«

»Mit welchem Ergebnis?«

»Mit dem Ergebnis, dass es allenfalls darauf hinauslaufen würde, das bloße Bewegungsablaufprogramm ohne jegliche KI neu zu erstellen. Es ist nicht machbar, allein die für unser… Missgeschick verantwortlichen Teile der KI-Routinen aus dem Code heraus zu filtern. Das Programm würde komplett versagen.«

Karting wusste, wovon sein Vertrauter sprach. Die Programmierung Künstlicher Intelligenz war von menschlichen Programmierern nicht mehr zu durchschauen, da die entsprechenden Routinen wegen ihrer Komplexität inzwischen von den Computern selbst erstellt wurden, und zwar mit Hilfe von Rahmenvorgaben und Datensammlungen: Eine neuartige Profil-Technologie kam hier zum Einsatz, die es Entwicklern erlaubte, ein vollständiges humanes Persönlichkeitsbild in ein Programm zu integrieren. Der Job eines Programmierers, einst eine Ehrfurcht gebietende Spitzenposition, war innerhalb der letzten zehn Jahre zu dem eines reinen Inputlieferanten verkommen. Für die KI der FemBots hatte man das Persönlichkeitsprofil mehrerer Mitarbeiter und Mitarbeiterinnen ausgelesen und den rechnerischen Durchschnitt gebildet. Dies war jedoch, so schien es jetzt, ein signifikanter Fehler gewesen. Einige »typisch männliche« Verhaltensmuster, gepaart mit dem verstärkten Kinderwunsch mehrerer Mitarbeiterinnen über

35, hatten den Bot ganz offenbar dazu veranlasst, die Beschränkungen seiner Programmierung hinter sich zu lassen.

»Computer, die andere Computer programmieren«, fasste es Essel seufzend noch einmal zusammen. »Die Routinen sind derart vernetzt, dass es nur alles oder nichts gibt. Und nichts bedeutet in diesem Fall…«

»…dass wir den Laden gleich schließen könnten, Essel.«

Karting brachte es auf den Punkt. »Ich weiß durchaus, was Sie mir sagen wollen. Ohne die KI ist diese Klinik so attraktiv wie eine Melkmaschine. Keiner würde so unsere Dienste in Anspruch nehmen wollen. Was schlagen Sie stattdessen vor?«

»Außergerichtliche Einigung, Schweigevereinbarung. Den Speicher von FemBot 23 löschen, es mit einer komplett neu eingelesenen *KI Personality* versuchen und hoffen, dass diese nicht wieder auf dumme Gedanken kommt. Obwohl ich daran zweifle, dass man solche… menschlichen Denkvorgänge auf Dauer wird blockieren können.«

»Sie sagen also, wir müssen mit dem Risiko leben, dass einen halbintelligenten Satz Robotarme plötzlich der« - Karting schluckte merklich - »Fortpflanzungstrieb überkommt und er mit Proben aus dem Nachbarzimmer eine unserer Patientinnen unerwünscht schwängert? Und diese uns dann auf Unterhaltszahlungen verklagt?«

Ein halbherzig-resigniertes Achselzucken von Essel war die Reaktion. »Tja, das ist eben der Lauf der Natur.«

FemBot 23 war weder eindeutig männlich oder weiblich noch überhaupt humanoid und er besaß deswegen nicht einmal Ansätze eines Gestik-/Mimikprogramms, aber Essel hätte schwören können, dass die Maschine hinter der getönten Glasscheibe gerade versuchte, mit der Positionierung ihrer Bestandteile so etwas wie ein verschwörerisch grinsendes Gesicht zu formen.

DIE LETZTE REISE DER GAY LEONORA

ODER WIE ICH NICHT IN DIE GESCHICHTE EINGING

Um eines gleich festzuhalten: Es war nicht mein Fehler. Ich kann schließlich nichts dafür, dass dieser Mensch eine dermaßen unleserliche Handschrift hat. Glauben Sie mir, Ihnen wäre es genauso ergangen.

Aber ich sollte vielleicht doch ganz von vorne beginnen.

Es war Mitte September und in meinem Geschäft begann sich die für diese Jahreszeit übliche Flaute bemerkbar zu machen. Im Frühjahr und Sommer ist die Auftragslage in der Regel besser, vor allem seit ich außer der

Schildermalerei auch einige Anstreicher beschäftige. Ich für meinen Teil blieb allerdings bei meiner alten Leidenschaft und Spezialität. Seit ich vor zehn Jahren den Betrieb meines verstorbenen Vaters übernommen habe, habe ich meine Kunst beständig fortentwickelt und kann mit gewissem Recht behaupten, der beste Schildermaler des Königreichs zu sein.

Aufgrund der Lage unserer Stadt, an der Südküste Englands, ergibt sich für mich noch eine andere Möglichkeit, meine Kunst auszuüben. Der Wind, das Salzwasser und die raue See setzen Schiffen zu. So kommt es, dass die Schriftzüge mit ihren Namen mit der Zeit verblassen und unansehnlich werden. Nun braucht es selbstverständlich einen geschickten Maler, der die alte Pracht wiederherstellt. So habe ich schon mancher Fregatte zu neuem Glanz verholfen, und ich bin stolz darauf, dass jede einzelne den Ruhm meiner Handwerkskunst zu neuen Ufern trägt.

Aber solche Restaurierungen sind nicht mein einziger Einsatzbereich. Oftmals wechselt ein Schiff den Besitzer und damit oft seinen Namen – und was wäre außerdem der Stapellauf eines neuen Segelschiffs ohne eine Schiffstaufe, ohne den passenden, kunstvoll gestalteten Namenszug am Bug oder Heck?

Doch zurück zu meiner Geschichte.

Eines Morgens kam ein Mann in meine Werkstatt, der sich mir als John Robinson vorstellte. Er erzählte, wie glücklich er sei, endlich ein passendes Schiff für sich und seine Brüder gefunden zu haben. In die Neue Welt wollten sie auswandern, soviel verstand ich von den Andeutungen des Fremden, da man sie hier an der freien Ausübung ihrer Religion hindere.

»Womit kann ich Ihnen also zu Diensten sein?«, fragte ich den alten Mann.

Robinson runzelte die Stirn. »Das ist an sich schnell erklärt«, sagte er. »Sie müssen wissen, dass es derzeit äußerst schwierig ist, ein Schiff zu erwerben. Man muss sich wirklich mit allem zufriedengeben, was man nur bekommen kann. Und so blieb mir auch keine große Wahl, als man mir dieses dreimastige Segelschiff« – er machte eine unbestimmte Handbewegung in Richtung Hafen – »mit dem

Namen *Gay Leonora* zum Kauf anbot.«

Ich nickte wissend. Die *Gay Leonora* war mir nicht unbekannt. Sie hatte dem kürzlich verstorbenen alten Seebären Jonathan Uptonwold gehört. Das Schiff war in tadellosem Zustand, wenn man von der etwas freizügigen Galionsfigur absah, die der *Gay Leonora* ihren Namen verlieh – wenn ich mich recht erinnere, hatte Jonathan sie von einem gesunkenen Piratenschiff, oder zumindest behauptete er das. Dass eine Gruppe tief religiöser Menschen unmöglich mit einem derartigen… Ballast auf die Reise gehen konnte, war klar.

»Sie werden verstehen, dass wir an dem Schiff noch einige kleine Änderungen vornehmen müssen, bevor wir England endgültig den Rücken kehren. Vor allem einen neuen Namen braucht es. Und da sie sich in der Gegend eines gewissen Rufes rühmen dürfen« – wissentlich oder nicht hatte er meinen wunden Punkt getroffen – »wären wir erfreut, wenn Sie sich der Sache annähmen. Selbstverständlich zu Ihrem Preis.«

Er brachte mit seinem zerfurchten

Gesicht tatsächlich ein sympathisches Lächeln zustande und blickte mich erwartungsvoll an.

Ich musste nicht lange überlegen: »Einverstanden«, nickte ich.

»Sehr gut«, entgegnete der Mann und reichte mir die Hand. »Wir haben uns bereits auf einen neuen Namen geeinigt. Sie finden ihn auf diesem Papier. Gott segne Sie.«

Er gab mir einen gefalteten Zettel und ging dann ziemlich rasch in Richtung Hafen davon.

Und da stand ich nun mit jenem Stück Papier, das mir soviel Kopfzerbrechen bereiten sollte. Ich faltete es auseinander und las den Namen, den Robinsons ›Brüder‹ für die *Gay Leonora* vorgesehen hatten. Ich erwähnte bereits, dass mir das Entziffern äußerst schwer fiel. Immerhin gelang es mir nach einiger Zeit, die neun Buchstaben zu einem einigermaßen vernünftigen und sinnvollen Wort zusammenzusetzen, wenn da nicht dieser verflixte erste Buchstabe gewesen wäre. Das Problematische daran war, dass beide möglichen Varianten durchaus einen Sinn ergaben und dass sich die beiden Buchstaben in handschriftlicher Ausführung auch noch so ähneln konnten. Hätte es sich nicht um solch einen frommen Mann gehandelt, würde ich jetzt sagen, hier wäre doch tatsächlich der Teufel im Spiel gewesen. Doch mag das durchaus der Fall gewesen sein, denn jetzt meldete sich auch wieder meine Berufsehre zu Wort. In all den Jahren meiner Tätigkeit hatte ich meine Aufträge immer zur vollsten Zufriedenheit der Auftraggeber erledigt, nie hatte es irgendwelche Unklarheiten, nie Streitigkeiten oder Grund zur Beschwerde gegeben. Und das sollte sich auch wegen dieses Mr. Robinson nicht ändern – wäre ich jetzt, nach fast einer Stunde, zu ihm gegangen und hätte unterwürfig gebeten, ich könne das nicht lesen, er möge mir doch bitte… nein, das wäre mir einfach gegen den Strich gegangen. Ich weiß nicht, ob Sie das verstehen können, aber in dieser Beziehung bin ich eben Perfektionist.

Also brütete ich weiter über der Notiz, als ob ich die wahre Bedeutung der neunbuchstabigen Botschaft ausbrüten könnte wie eine Henne, wenn sie nur lange genug auf ihrem Ei sitzen bleibt. Doch statt einer

Erleuchtung suchten mich Kopfschmerzen heim und dabei war es wirklich langsam an der Zeit, mit der Ausführung des Auftrags zu beginnen – es war Mittag geworden. Ich hatte eine Reputation zu verlieren, und das alles wegen jenes einen kleinen Zeichens, das eine so gewichtige Sinnänderung hervorrufen konnte.

Irgendwann entschied ich kurzerhand, dass der Unterschied so gravierend dann doch nicht sein würde, und griff eine der beiden Varianten heraus – immerhin hätte ich so eine Chance von fünfzig zu fünfzig, diejenige zu erwischen, die der Schreiber im Sinn gehabt hatte. Ich packte also mein Handwerkszeug – Farbe, diverse Pinsel, Schablonen, Lineale, Zollstöcke, Zirkel, Stifte zum Vorzeichnen – auf den kleinen Handkarren und machte mich auf den Weg zum Hafen.

Ich war so sehr in Gedanken, dass ich irgendwann überraschend plötzlich vor der *Gay Leonora* zum Stehen kam. Man hatte das Segelschiff seiner anstößigen Namensgeberin bereits entledigt und der ursprüngliche Name war ebenfalls fein säuberlich abgeschliffen worden. Auf dem Schiff werkelten einige der Gefährten und auch meinen Auftraggeber erspähte ich. Er war gerade damit beschäftigt, zusammen mit anderen die Habseligkeiten der Auswanderer an Bord zu verstauen. Er erkannte mich und kam kurz zu mir herunter. Ob es etwa irgendwelche Probleme gegeben habe, fragte er mich freundlich. Ich gab vor, bis jetzt an Entwürfen für die Schrift gearbeitet zu haben, und diese Erklärung schien ihn in höchstem Maße zufriedenzustellen. Ohne es zu wollen, hatte ich es mir mit meinem überflüssigen Stolz nun endgültig unmöglich gemacht, ihm noch einzugestehen, dass ich seinen Zettel nicht richtig hatte lesen können. Mit einem flauen Gefühl im Magen machte ich mich schließlich an die Arbeit. Um noch etwas Zeit zum Nachdenken herauszuschinden, ließ ich den Anfangsbuchstaben zunächst weg.

»Den werde ich besonders schön mehrfarbig gestalten«, erklärte ich – das hatte ich ohnehin vorgehabt – als mich John Robinson darauf ansprach.

»Ich sehe, wir haben die richtige Wahl mit Ihnen getroffen«, nickte er respektvoll.

Mir wurde die Sache immer unangenehmer. Was, wenn ich mich nun tatsächlich für die falsche Variante entscheiden würde? Ich wäre beruflich am Ende. Ganz England würde über mich lachen, und ich könnte in Zukunft an der Straßenecke betteln, weil mir niemand mehr einen Auftrag erteilen würde. Ich malte mir meine Zukunft in den schwärzesten Farben aus, während ich hier in leuchtend weißen Buchstaben jenen schicksalsträchtigen Namen auf das Schiff pinselte.

Die Fertigstellung des Anfangsbuchstabens verlegte ich auf den nächsten Vormittag. Auch wenn ich inzwischen fast jegliche Hoffnung aufgegeben hatte, glaubte ich, es wäre nützlich, die Sache noch einmal zu überschlafen. Meine Albträume belehrten mich eines Besseren. Ich glaube, nie habe ich so schlecht geschlafen wie in jener Spätsommernacht. Im Traum wurde ich in siedendes Öl geworfen, gerädert und von sämtlichen Unter- und Oberteufeln gepiesackt. Und das war noch der angenehmere Teil davon.

Am nächsten Morgen fasste ich den grimmigen Entschluss, der Sache – so oder so – möglichst schnell ein Ende zu setzen und auch gegebenenfalls die Konsequenzen zu tragen. Ich wollte endlich Ruhe haben vor der quälenden Grübelei über jenen einzigen Buchstaben, von dem Sein oder Nichtsein abhing. Noch einmal nahm ich mir den Zettel vor, den mir der Mann am vorigen Morgen – war es wirklich erst vierundzwanzig Stunden her? – überreicht hatte. Die Zeichen, die ich ohnehin kaum entziffern konnte, verschwammen vor meinen Augen. Ich zerknüllte das Papier und warf es ins Kaminfeuer.

Dann begab ich mich – möglicherweise zum allerletzten Mal – an meine Arbeitsstätte. Oh, wenn ich diesen dreimal verwünschten Buchstaben doch hätte lesen können …

Ganz plötzlich ging in meinem Geist die Sonne auf. Ich fragte mich, warum ich nicht schon früher auf diese zugegebenermaßen recht billige Lösung gekommen war. Es würde vielleicht funktionieren. Ja, auf jeden Fall hätte ich weniger zu verlieren, als wenn ich tatsächlich und endgültig den falschen Namen auf den Segler schreiben würde. Ich müsste den Alten praktisch nur mit seiner eigenen Waffe schlagen: der Unleserlichkeit. Ich würde den mysteriösen ersten Buchstaben so sehr verzieren und verschnörkeln, dass es gar nicht auffallen würde, sollte es sich doch nicht um den richtigen handeln.

Das Ende ist schnell erzählt. Meine Idee hatte mich dergestalt mit neuem Mut und Tatendrang erfüllt, dass der Namenszug tatsächlich noch an diesem Tag vollendet wurde. Ich erhielt das bescheidene Honorar, das ich dafür forderte, und mein Auftraggeber versicherte mich seiner höchsten Zufriedenheit. Und doch packt mich jedes Mal, wenn ich zurückdenke, ein wenig das schlechte Gewissen. Aber schließlich war es doch nicht meine Schuld, dass der Zettel dieses – wie nannten sie sich? – ›Puritaners‹ so ein unreines Schriftbild besaß.

Und so stach denn an jenem 16. September 1620 in der südenglischen Hafenstadt Plymouth das Schiff mit den ersten englischen Amerikasiedlern, den Pilgervätern, mit Kurs auf die Neue Welt in See – die *Hayflower.*

ENTSCHULDIGUNG, HABEN SIE KURZ ZEIT?

EINE TRAUMREISE

Stellen Sie sich mal einen Flamingo vor. Rosa. Steht auf einem Bein. Neben einem kleinen, von Seerosen überwucherten Teich im Park. Döst vor sich hin. Haben Sie das? Gut.

Und weil ein vereinsamter Flamingo recht deprimierend wirken kann und Flamingos überdies ziemlich selten einsam in der Gegend herumstehen (es sei denn, jemand hätte einen aus dem Zoo entführt und ihn, in undurchschaubarer Absicht, dort abgestellt), stellen Sie sich am besten noch ein halbes Dutzend weiterer schlafender Flamingos im Halbschatten der nahen Trauerweide vor. Sie haben ihre Köpfe unter die Flügel gesteckt und mal das linke, mal das rechte Bein hochgezogen.

Es sei ein früher Nachmittag im September oder Oktober, mit einigen unordentlich verstreuten Wolken am Himmel. Kann sein, dass es vor kurzem erst geregnet hat – gelegentlich hört man vielleicht vereinzelte Wassertropfen von den Bäumen aufs feuchte Gras und ins Wasser des Teiches fallen. Aber der leicht kühle Windhauch, der aus unbestimmter Richtung um die Schnäbel der Flamingos weht, hat den Großteil der Wolken wohl schon vertrieben. Eine herbstliche Sonne erobert gerade den Park zurück, malt durch die Wolken Schäfte aus Licht in die Landschaft. Doch mag es in gerade diesem Stück Park, mit seinem ehemals gepflegten Rasen und den leicht verwahrlosten Blumenrabatten, noch vergleichsweise schattig und kühl sein.

Wenn Sie möchten, komplettieren Sie das geistige Bild mit einer Sitzbank, etwa grün gestrichen (die Farbe blättert wahrscheinlich bereits an einigen Stellen ab), am Rande des Teiches. Über der Bank, die zweifellos bessere Zeiten gesehen hat, schwebt noch die neblige

Erinnerung an ein frisch verliebtes Studentenpärchen, oder wahlweise an ein älteres Ehepaar, die dort einst saßen und sich stumm in die Augen blickten.

Sind Sie soweit? Können Sie sich das alles bis dahin vorstellen? Fein. Dann richten Sie doch bitte Ihren Blick zurück auf den ursprünglichen Flamingo – also den, den Sie sich vorgestellt hatten, bevor sich aus unerklärlichen Gründen ein halbes Dutzend weiterer neben ihm materialisierten.

Wissen Sie was? *Vergessen* Sie die anderen Flamingos!

Der allererste Flamingo also hat wohl ein wenig mit der Schwerkraft zu kämpfen – oder er träumt einfach schlecht; jedenfalls scheint er, anders als seine Artgenossen (oh, da sind sie ja wieder!) massive Probleme zu haben: Unruhig, unsicher, un-elegant balanciert er auf seinem einen Bein herum. Nutzlos, zu fragen, warum er dann nicht einfach das andere Bein auf den Boden stellt.

Zum Einen könnte er, nachdem Sie ihn aufgeweckt hätten (und darüber wäre er vermutlich sehr ungehalten), ohnehin nur in seiner eigenen, dem menschlichen Fragesteller vermutlich nicht geläufigen Flamingo-Sprache antworten. Zum Anderen – und das dürfte der wichtigste Punkt sein – ist die Frage auch ohne Zurateziehen des Flamingos recht einfach zu beantworten: Weil es das ist, was Flamingos tun. Sie tun es einfach. Punktum.

Der kundige Ornithologe würde, befragten Sie ihn, in einen Versuch der Erklärung wahrscheinlich den Begriff »Temperaturregulierung« einfließen lassen, unterstrichen womöglich noch durch »Instinkt«. Aber das wäre an diesem Punkt bereits redundante Information. Denn der Flamingo steht auf einem Bein und denkt nicht weiter darüber nach. Er weiß nichts von einem Lexikoneintrag wie: »Flamingo – storchartiger Vogel mit langen Watbeinen und Hals sowie geknicktem Schnabel, rosa, schläft auf einem Bein stehend.«

Stattdessen demonstriert er jetzt, da die Sonne wieder vollends durch die Wolkendecke gebrochen ist, dass es immer andere Möglichkeiten, andere Orte geben wird, um instinktiv seine Temperatur zu regulieren.

Stellen Sie sich einen Flamingo vor...
Und dann lassen Sie ihn fliegen.

WIEDER UM DIE HUNDERTVIERZIG

BIERDECKELGESCHICHTEN
EINE SPUR NEBEN DER REALITÄT

»Am Nordpol gibt's keine Pinguine«, sprach der Eisbär und fraß die beiden auf.

»Niemand hat die Absicht, eine Mauer zu errichten.« (Vorsitzender Walter Ulbricht) - »Doch, ich!« (Kaiser Qin Shihuangdi)

»Der Mörder befindet sich gemeinsam mit uns in diesem Salon«, erklärte der Inspektor bedächtig und startete die Kettensäge.

»Der Hammermörder war also Apotheker... « - »Bäcker. Oder Müller«, widersprach Inspektor Rauhs Assistent. »Ich mein', weil an dem Hamamelis.«

Der Ochsenfurter Stadtrat war sicher: Mit dem Englisch-Lexikon für örtliche Schulen wartete Weltruhm. Jetzt neu: Oxfort Englisch Dictonäry!

»Heinrich?« - »Ja, Kunigunde?« - »Lass uns dieses Bistum doch woanders gründen. « -- - Ein Beitrag für den Wettbewerb von »Zeegendorf liest«.

Roman, den mal einer schreiben müsste, nur wegen des schönen Wortspiels im Titel: »Die verlorene Blume der Katharina E.«

»Ein Drama mit 140 Zeichen? Gar kein Problem«, kicherte der Mann vom Bamberger PÜD und schraubte das nächste Anwohnerparkschild fest.

Befolgen Sie diese einfachen Diätregeln und Sie verlieren mindestens 7 Pfund die Woche: 1. nach England fliegen. (Fortsetzung in Ausgabe 2!)

Spanien, 1937: »Das gehört in ein Museum!« - »Schon gut, Doktor Jones - darf ich wenigstens noch das Pferd zu Ende malen?«, seufzte Picasso.

»Let's do the time warp again«, sangen alle. Da: Motorengeräusch aus der Kühlbox! »Eddie?« Columbia irrte; der DMC-12 erwischte sie frontal.

»Fortsetzung folgt«, tippt der Autor. Endlich fertig: der 1.Teil seines Epos über die Weltkriege. »Sind Sie sicher?«, fragt Word unschuldig.

»Zwei Häuser, in Verona? Zurückhalten, bis sich der Immobilienmarkt beruhigt hat.« - Shakespeares Verleger schob das Manuskript beiseite.

»Lösegeld für 'Der Schrei'? 1. heißt es DEN, 2. kann man Schreie nicht klauen.« Der Erpresser legte auf. Scheiß intellektuelle Journalisten!

»Wir haben einen Papst!« - der Ruf gellte über den Platz. »Jungs, wieviel Lösegeld wollen wir verlangen?«

Italien 2013: »Kennste den schon? 'Treffen sich zwei Päpste...'« - »Und wo is' da der Witz?«

ÜBER DEN AUTOR

Jörg Weese, geb. Kulmbach 1973; Abitur 1993, Studium an der Otto-Friedrich-Universität Bamberg und University of South Carolina, USA. Unterrichtet Englisch und Deutsch an einem mittelfränkischen Gymnasium. Regelmäßige Kolumne in der *Return* und Beiträge für andere Magazine (z.B. *YPS*, *Corona*, *GoodTimes kult!*); Radioshow »Star Tracks« (in engl. Sprache) mit Film- & TV-Songs sowie Starinterviews auf diversen Sendern (Internet & UKW). 2013 mit einer Kürzestgeschichte beim Wettbewerb von »Bamberg liest« (i.d. Jury: Grimme-Online-Preisträger Florian Meimberg) auf einem 1. Platz und zehn weiteren in den Top 30 der Runden 1 und 2.

Kurzgeschichten in Anthologien:

»Best of Poetry Slam Bamberg I«
(hg. von N.-E. Gomringer & M. Beyer 2002)

»Katzenland«
(hg. von Marina Millioti 2012)

»Rohrfrei«
(Angela-Pundschus-Verlag Hamburg 2012)

»Der Letzte seiner Art«
(Mysteria-Verlag, hg. von M. Baker 2013)

»Telefon!«
(Phantastik-Buch; hg. von Stefan Lehner 2013)

»Rohrfrei 2«
(Angela-Pundschus-Verlag Hamburg 2015)

»Jedem Anfang«
(SternenBlick e.V., hg. von S. Mattner & N. Felscher 2020)

Platz für Ihre Notizen

Mehr Platz für Ihre Notizen

Haben Sie sich wirklich schon so viele Notizen gemacht?

**Wenn Sie nichts dagegen haben, würde ich wahnsinnig gerne lesen, was sich die Leute so in mein Buch notieren.
Schicken Sie mir bitte eine E-mail an doc@hillvalley.de !**

Ja wirklich! Ich habe mich einfach schon immer gefragt, ob jemals irgendwer diese aus technischen Gründen freigelassenen & mit dem nützlichen Hinweis auf mögliche Notizen versehenen Seiten tatsächlich dafür nutzt.

Eigentlich müsste man daraus ein eigenes Buch machen…

Also, schreiben Sie mir – vielleicht wird's was!

Kontaktdaten

Jörg Weese
Sperbersloher Str. 77
D-90530 Wendelstein
eMail: doc@hillvalley.de
Twitter: @joerg_mcfly
Instagram: @weesekid
https://www.facebook.com/WeeseWrites

Printed in Great Britain
by Amazon

81882710R00071